LES CLASSIQUES POUR TOUS

LAMARTINE

GRAZIELLA

LIBRAIRIE HATIER

LAMARTINE

GRAZIELLA

PARIS

LIBRAIRIE HATIER

8, Rue d'Assas, 8

NOTICE SUR LAMARTINE

I

Alphonse de Lamartine est né à Mâcon, le 21 octobre 1790. Son père, Pierre de Lamartine, était capitaine de cavalerie ; sa mère, née des Roys, avait été élevée au Palais royal et à Saint-Cloud, dans l'intimité de la famille d'Orléans, au service de laquelle ses parents étaient attachés. Après la Révolution, M. de Lamartine père, délivré de la prison par le 9 thermidor, se retira avec sa femme et ses enfants à Milly, à 14 kilomètres de Mâcon. Là s'écoulèrent les premières années d'Alphonse, sous la direction d'une mère admirable, aussi distinguée par son esprit que par ses vertus. Le *journal* de Mme de Lamartine (publié par son fils sous ce titre : *Le manuscrit de ma mère*) est une de nos sources les plus précieuses pour expliquer les origines profondes des *Méditations* et des *Harmonies*.

Vers l'âge de dix ans, Lamartine fut mis à la pension Pupier, à Lyon ; incapable de supporter le régime étroit de cette maison, il s'enfuit avec deux de ses camarades. Il y fut ramené et dut y achever une seconde année ; mais à la rentrée suivante, il fut envoyé au collège de Belley, dans l'Ain, collège tenu par les Pères de la Foi. Il y resta quatre ans, sous une discipline douce et mystique, et goûta dans de fréquentes et longues promenades le charme un peu sauvage de la région du Bugey. Ces quatr années d'études le familiarisèrent avec les écrivains de l'antiquité. C'est là qu'il apprit à aimer Horace et Virgile, dont il ira bientôt chercher les traces en Italie. Là aussi il fut initié par des lectures prudemment limitées, au romantisme de Chateaubriand.

Après son retour à Milly en 1807, Lamartine mène pendant trois ans l'existence à la fois oisive et féconde d'un jeune gentilhomme campagnard, très épris de lectures et de promenades. Il s'exerce à écrire des vers, dans le goût du XVIIIe siècle ; il apprend le *métier ;* mais il n'est pas encore poète. Une première révélation de la poésie va lui venir de l'Italie, où il fait un long voyage en 1811, avec son ami Aymon de Virieu. Les souvenirs de son séjour à Naples lui inspireront plus tard le célèbre épisode des *Confidences* que l'on détache sous le titre de *Graziella*. La seconde révélation, définitive cette fois, lui vient de sa rencontre à Aix-les-Bains, en 1816, avec la jeune femme qu'il a nommée Elvire et Julie. Un amour profond et désespéré fait jaillir de son cœur les vers immortels du *Lac* et du *Crucifix*.

En 1820, Lamartine publie les *Méditations poétiques*, composées de vingt-quatre pièces écrites entre 1814 et 1819 ; il y ajoute successivement d'autres pièces et des commentaires, et l'édition complète renferme quarante-et-une *méditations*. Tout a été dit sur le succès presque foudroyant de ce premier volume de Lamartine ; on était las de la versification insipide des continuateurs de Jean-Baptiste Rousseau et de Delille ; on salua l'avènement des *méditations* comme en 1801 celui d'*Atala*. D'ailleurs, par ses relations dans la haute aristocratie parisienne, par des lectures et des récitations dans les salons à la mode, Lamartine avait préparé ce succès. Mais le grand public, la foule même, ne furent pas moins sensibles à cette poésie qui sortait du cœur ; et, du jour au lendemain, Lamartine, inconnu la veille, fut célèbre. Ceux qui avaient pleuré avec René sentirent se calmer leurs douleurs, au charme de cette poésie qui est aussi une musique, qui transforme les regrets en souvenirs et les désespoirs en résignations.

Puis vinrent les *Nouvelles Méditations* et la *Mort de Socrate* (1823), le
Dernier Chant du Pèlerinage d'Harold (1825), et les *Harmonies* (1830).
Cette même année, Lamartine était reçu à l'Académie française.

Cependant, il avait été nommé, dès 1820, secrétaire d'ambassade
à Naples, et il s'était marié. Après un nouveau séjour en France,
il devenait secrétaire d'ambassade à Florence, et y restait jusqu'en
1828. La Révolution de 1830, qu'il avait prévue et prédite, le décide
à se jeter dans la politique, mais il échoue, en 1831, aux élections
législatives ; et, en attendant les événements, il entreprend un
voyage en Orient, avec sa femme et sa fille Julia. Ce long et pittoresque voyage, dont il a publié le récit en 1835, lui ouvrit de nouvelles
sources de poésie et élargit ses idées sociales et économiques. Élu
député de Bergues (Nord), il entra en 1834, à la Chambre, et sans
s'affilier à aucun groupe, il prit dès le début une part active aux
discussions parlementaires.

<h2 style="text-align:center">II</h2>

Alors commence pour Lamartine une existence nouvelle. Sans
renoncer tout à fait à la poésie (*Jocelyn* est de 1836, et *la Chute d'un
ange* de 1842), il est surtout absorbé par la politique. Il n'est guère
de question générale ou particulière sur laquelle il n'ait prononcé
un discours. Tout d'abord, il s'en tient aux principes et aux théories,
et ses idées paraissent un peu flottantes. Mais à mesure qu'il étudie
les questions présentes, sa politique est plus rationnelle et plus réelle.
On est surpris de le trouver si compétent sur le commerce des blés,
sur les chemins de fer, sur les fortifications de Paris. Toujours élo-
quent et imagé, il n'en connaît pas moins les détails les plus tech-
niques ; et la profondeur de ses idées lui fait souvent prévoir des
conséquences que l'avenir devait réaliser.

Il travaillait en même temps à cette *Histoire des Girondins* qu'il
publia en 1847, et qui fut accueillie avec autant d'enthousiasme que
les *Méditations* ou *Jocelyn*. Sans doute, on peut discuter et l'exac-
titude de la documentation, et les théories de cet ouvrage. Ce que
l'on ne peut nier, c'est que Lamartine a ajouté quelques pages
magnifiques, et que lui seul pouvait écrire, à l'histoire de la Révolution, et qu'il n'est, en son genre, ni plus ni moins romanesque et
romantique que Michelet. D'ailleurs, ce qui nous importe le plus, à
cette heure, c'est moins la valeur intrinsèque de l'œuvre que son
influence sur l'opinion publique, à la veille de la Révolution de 1848.
Au banquet que lui offrirent ses compatriotes de Mâcon le 18 juillet
1847, pour célébrer le succès des *Girondins*, Lamartine prononça
un discours qui était tout un programme, et qui, reproduit par la
presse entière, contribua certainement à accélérer la chute du minis-
tère et celle de Louis-Philippe. Il participa ensuite, à Paris, à cette
campagne des banquets entreprise pour imposer au gouvernement le
suffrage universel ; et le 24 février 1848, c'est lui qui, après la fuite
du Roi, prenait la parole, à la Chambre, pour faire voter l'organisa-
tion d'un gouvernement provisoire. La République ayant été pro-
clamée le lendemain, et Lamartine nommé ministre des Affaires étran-
gères, il adressa à toutes les puissances un *manifeste* pour leur demander de reconnaître le nouveau régime. Aux élections du 23 avril,
Lamartine fut élu député à l'Assemblée nationale, par dix départe-
ments, avec 1.600.000 voix. Dans l'intervalle, il avait exercé, grâce

à son éloquence, une sorte de dictature morale ; parmi ses discours les plus remarquables et les plus justement célèbres, il faut citer celui qu'il prononça, d'une fenêtre de l'Hôtel de Ville, le 25 février 1848, pour faire tomber le drapeau rouge que les émeutiers brandissaient sur la place, et faire acclamer le drapeau tricolore. Peut-être commit-il une faute, dont il sentit lui-même la responsabilité, en demandant que l'élection présidentielle fût confiée au suffrage universel. Par là, il assurait le triomphe du prince Louis-Napoléon (10 déc. 1848)

III

Resté député jusqu'en 1852, Lamartine, dont le rôle était désormais fini, rentra dans la vie privée, et se consacra tout entier à un labeur écrasant pour payer ses dettes. De sa longue et brillante carrière politique, il sortait pauvre et ruiné. Il devait cinq millions, Il espéra les payer avec sa plume ; et lui qui, jusqu'alors, avait été le plus spontané et le plus désintéressé des écrivains, il devint « homme de lettres » au sens le plus pénible du mot. Il écrit l'*Histoire de la Restauration*, l'*Histoire de la Russie*, des *Mémoires politiques*, les *Confidences*, les *Nouvelles Confidences*, *Raphaël*, *Geneviève*, et ce *Cours familier de littérature*, en 28 volumes, où il touche à tous les sujets tantôt en critique de génie, tantôt en improvisateur ignorant. Les admirables passages abondent dans ces ouvrages de la vieillesse du poète ; mais l'impression d'ensemble est monotone et attristante. On y sent la hâte d'une plume pressée par le besoin, et qui, en reprenant pour les délayer les thèmes déjà touchés au moment de la première et jeune inspiration, les affaiblit et parfois semble les profaner.

Et ce travail de forçat (le mot est de Lamartine) ne suffisait pas à calmer les créanciers. Lamartine provoqua une souscription nationale qui échoua devant l'indifférence du public et les railleries des petits journaux. Enfin, en 1867, deux ans avant sa mort, il obtint du gouvernement de Napoléon III une rente viagère de 25.000 francs. La ville de Paris lui avait donné en 1860 un chalet, à Passy. C'est là qu'il passa ses derniers jours : Milly et Saint-Point avaient été vendus.

Il mourut à Passy, le 27 février 1869.

NOTICE SUR GRAZIELLA

L'épisode intitulé *Graziella* est tiré du livre que Lamartine publia en 1849, sous le titre de *Confidences*, et qui devait être suivi des *Nouvelles Confidences*. Lamartine y raconte sa vie de jeune homme, et y mêle presque inconsciemment la réalité et la fiction, le rêve et la vérité. L'histoire de Graziella se rapporte au premier voyage qu'il fit en Italie, en 1811, avec son ami Aymon de Virieu. On sait par la *Correspondance*, qui nous permet de contrôler point par point les *Confidences*, et par les *Mémoires inédits* de Lamartine (IV, 3), que Graziella n'était pas la fille d'un pêcheur d'Ischia, mais une jeune ouvrière employée à la manufacture de tabac de Naples. D'une aventure assez banale, Lamartine a tiré une sorte d'élégie romanesque, dont l'accent n'est pas toujours juste et où l'on sent les artifices de la *littérature* ; mais la beauté des descriptions, l'analyse de l'amour naissant dans deux cœurs purs, la mélancolie d'un dénouement fatal, assurent à cet épisode une place à côté de *Paul et Virginie*.

GRAZIELLA

CHAPITRE PREMIER

A dix-huit ans [1], ma famille me confia aux soins d'une de
mes parentes que des affaires appelaient en Toscane, où elle
allait accompagnée de son mari. C'était une occasion de me
faire voyager et de m'arracher à cette oisiveté dangereuse de
la maison paternelle et des villes de province, où les premières
passions de l'âme se corrompent faute d'activité. Je partis
avec l'enthousiasme d'un enfant qui va voir se lever le rideau
des plus splendides scènes de la nature et de la vie.

Les Alpes, dont je voyais de loin, depuis mon enfance,
briller les neiges éternelles, à l'extrémité de l'horizon, du haut
de la colline de Milly ; la mer, dont les voyageurs et les poètes
avaient jeté dans mon esprit tant d'éclatantes images ; le ciel
italien, dont j'avais, pour ainsi dire, aspiré déjà la chaleur et
la sérénité dans les pages de *Corinne* et dans les vers de Gœthe :

Connais-tu cette terre où les myrtes fleurissent ?

les monuments encore debout de cette antiquité romaine, dont
mes études toutes fraîches avaient rempli ma pensée ; la
liberté enfin ; la distance, qui jette un prestige sur les choses
éloignées ; les aventures, ces accidents certains des longs
voyages, que l'imagination jeune prévoit, combine à plaisir et
savoure d'avance ; le changement de langue, de visages, de
mœurs, qui semble initier l'intelligence à un monde nouveau,
tout cela fascinait mon esprit. Je vécus dans un état constant
d'ivresse pendant les longs jours d'attente qui précédèrent le
départ. Ce délire, renouvelé chaque jour par les magnificences
de la nature en Savoie, en Suisse, sur le lac de Genève, sur les
glaciers du Simplon, au lac de Côme, à Milan et à Florence,
ne retomba qu'à mon retour.

Les affaires qui avaient conduit ma compagne de voyage à
Livourne se prolongeant indéfiniment, on parla de me ramener
en France sans avoir vu Rome et Naples. C'était m'arracher
mon rêve au moment où j'allais le saisir. Je me révoltai inté-
rieurement contre une pareille idée. J'écrivis à mon père pour
lui demander l'autorisation de continuer seul mon voyage en
Italie, et, sans attendre la réponse, que je n'espérais guère
favorable, je résolus de prévenir la désobéissance par le fait.
« Si la défense arrive, me disais-je, elle arrivera trop tard. Je

1. Ce n'est pas à dix-huit ans, mais à vingt et un ans, que Lamartine fit ce premier voyage en Italie. Né en 1790, il partit en 1811.

serai réprimandé, mais je serai pardonné ; je reviendrai, mais j'aurai vu. » Je fis la revue de mes finances très restreintes ; mais je calculai que j'avais un parent de ma mère établi à Naples, et qu'il ne me refuserait pas quelque argent pour le retour. Je partis, une belle nuit, de Livourne par le courrier de Rome.

J'y passai l'hiver seul dans une petite chambre d'une rue obscure qui débouche sur la place d'Espagne, chez un peintre romain qui me prit en pension dans sa famille. Ma figure, ma jeunesse, mon enthousiasme, mon isolement au milieu d'un pays inconnu, avaient intéressé un de mes compagnons de voyage dans la route de Florence à Rome. Il s'était lié d'une amitié soudaine avec moi. C'était un beau jeune homme à peu près de mon âge. Il paraissait être le fils ou le neveu du fameux chanteur David, alors le premier ténor des théâtres d'Italie. David voyageait aussi avec nous. C'était un homme d'un âge déjà avancé. Il allait chanter pour la dernière fois sur le théâtre Saint-Charles, à Naples.

Lamartine place ici quelques pages sur Rome, ses antiquités, ses artistes, pages tout à fait inutiles par rapport à l'épisode de *Graziella*. Enfin, il part pour Naples, où il arrive le 1er avril 1811, et où il est rejoint par Aymon de Virieu.

Je menais à Naples à peu près la même vie contemplative qu'à Rome chez le vieux peintre de la place d'Espagne ; seulement, au lieu de passer mes journées à errer parmi les débris de l'antiquité, je les passais à errer ou sur les bords ou sur les flots du golfe de Naples. Je revenais le soir au vieux couvent où, grâce à l'hospitalité du parent de ma mère, j'habitais une petite cellule qui touchait aux toits, et dont le balcon, festonné de pots de fleurs et de plantes grimpantes, ouvrait sur la mer, sur le Vésuve, sur Castellamare et sur Sorrente.

Quand l'horizon du matin était limpide, je voyais briller la maison blanche du Tasse, suspendue comme un nid de cygne au sommet d'une falaise de rocher jaune, coupé à pic par les flots. Cette vue me ravissait. La lueur de cette maison brillait jusqu'au fond de mon âme. C'était comme un éclair de gloire qui étincelait de loin sur ma jeunesse et dans mon obscurité. Je me souvenais de cette scène homérique de la vie de ce grand homme, quand, sorti de prison, poursuivi par l'envie des petits et par la calomnie des grands, bafoué jusque dans son génie, sa seule richesse, il revient à Sorrente chercher un peu de repos, de tendresse ou de pitié, et que, déguisé en mendiant, il se présente à sa sœur pour tenter son cœur et voir si elle, au moins, reconnaîtra celui qu'elle a tant aimé.

« Elle le reconnaît à l'instant, dit le biographe naïf, malgré sa pâleur maladive, sa barbe blanchissante et son manteau déchiré. Elle se jette dans ses bras avec plus de tendresse et de miséricorde que si elle eût reconnu son frère sous les habits d'or des courtisans de Ferrare. Sa voix est étouffée longtemps par les sanglots : elle presse son frère contre son cœur. Elle lui lave les pieds, elle lui apporte le manteau de son père, elle lui fait préparer un repas de fête. Mais ni l'un ni l'autre ne purent toucher aux mets qu'on avait servis, tant leurs cœurs étaient pleins de larmes ; et ils passèrent le jour à pleurer, sans se rien dire, en regardant la mer et en se souvenant de leur enfance [1]. »

Un jour, c'était au commencement de l'été, au moment où le golfe de Naples, bordé de ses collines, de ses maisons blanches, de ses rochers tapissés de vignes grimpantes et entourant sa mer plus bleue que son ciel, ressemble à une coupe de vert antique qui blanchit d'écume, et dont le lierre et le pampre festonnent les anses et les bords ; c'était la saison où les pêcheurs du Pausilippe [2], qui suspendent leur cabane à ses rochers et qui étendent leurs filets sur ses petites plages de sable fin, s'éloignent de la terre avec confiance et vont pêcher la nuit à deux ou trois lieues en mer, jusque sous les falaises de Capri, de Procida, d'Ischia, et au milieu du golfe de Gaëte.

Quelques-uns portent avec eux des torches de résine, qu'ils allument pour tromper le poisson. Le poisson monte à la lueur, croyant que c'est le crépuscule du jour. Un enfant, accroupi sur la proue de la barque, penche en silence la torche inclinée sur la vague, pendant que le pêcheur, plongeant de l'œil au fond de l'eau, cherche à apercevoir sa proie et à l'envelopper de son filet. Ces feux, rouges comme des foyers de fournaise, se reflètent en longs sillons ondoyants sur la nappe de la mer, comme les longues traînées de lueurs qu'y projette le globe de la lune. L'ondoiement des vagues les fait osciller et en prolonge l'éblouissement de lame en lame aussi loin que la première vague les reflète aux vagues qui la suivent.

Nous passions souvent, mon ami et moi, des heures entières, assis sur un écueil ou sur les ruines humides du palais de la reine Jeanne, à regarder ces lueurs fantastiques et à envier la vie errante et insouciante de ces pauvres pêcheurs.

Quelques mois de séjour à Naples, la fréquentation habituelle des hommes du peuple pendant nos courses de tous les jours dans la campagne et sur la mer, nous avaient familiarisés avec leur langue accentuée et sonore, où le geste et le regard

1. Lamartine a visité plus tard le cachot du Tasse à Ferrare. Cf. *Méditation*, XXX. — 2. *Pausilippe*, colline de 170 mètres de hauteur, qui forme promontoire entre le golfe de Naples et le golfe de Pouzzoles. Deux routes souterraines la traversent. C'est au pied du Pausilippe, vers Nisida, que s'élève un ancien *columbarium* romain, où la légende place le tombeau de Virgile. On a retrouvé sur le Pausilippe les ruines de la célèbre villa de Lucullus.

tiennent plus de place que le mot. Philosophes par pressentiment et fatigués des agitations vaines de la vie avant de les avoir connues, nous portions souvent envie à ces heureux *lazzaroni* dont la plage et les quais de Naples étaient alors couverts, qui passaient leurs jours à dormir, à l'ombre de leur petite barque, sur le sable, à entendre les vers improvisés de leurs poètes ambulants, et à danser la *tarantela* avec les jeunes filles de leur caste, le soir, sous quelque treille au bord de la mer. Nous connaissions leurs habitudes, leur caractère et leurs mœurs, beaucoup mieux que celles du monde élégant, où nous n'allions jamais. Cette vie nous plaisait et endormait en nous ces mouvements fiévreux de l'âme, qui usent inutilement l'imagination des jeunes hommes avant l'heure où leur destinée les appelle à agir ou à penser.

Mon ami avait vingt ans ; j'en avais dix-huit : nous étions donc tous deux à cet âge où il est permis de confondre les rêves avec les réalités. Nous résolûmes de lier connaissance avec ces pêcheurs et de nous embarquer avec eux pour mener quelques jours la même vie. Ces nuits tièdes et lumineuses passées sous la voile, dans ce berceau ondoyant des lames et sous le ciel profond et étoilé, nous semblaient une des plus mystérieuses voluptés de la nature, qu'il fallait surprendre et connaître, ne fût-ce que pour la raconter.

Libres, et sans avoir de compte à rendre de nos actions et de nos absences à personne, le lendemain nous exécutâmes ce que nous avions rêvé. En parcourant la plage de la Margellina, qui s'étend sous le tombeau de Virgile [1], au pied du mont Pausilippe, et où les pêcheurs de Naples tirent leurs barques sur le sable et raccommodent leurs filets, nous vîmes un vieillard encore robuste. Il embarquait ses ustensiles de pêche dans un caïque peint de couleurs éclatantes et surmonté à la poupe d'une petite image sculptée de saint François. Un enfant de douze ans, son seul rameur, apprêtait en ce moment dans sa barque deux pains, un fromage de buffle dur, luisant et doré comme les cailloux de la plage, quelques figues et une cruche de terre qui contenait l'eau.

La figure du vieillard et celle de l'enfant nous attirèrent. Nous liâmes conversation. Le pêcheur se prit à sourire quand nous lui proposâmes de nous recevoir pour rameurs et de nous mener en mer avec lui. — « Vous n'avez pas les mains calleuses qu'il faut pour toucher le manche de la rame, nous dit-il. Vos mains blanches sont faites pour toucher des plumes et non du bois : ce serait dommage de les durcir à la mer. — Nous sommes jeunes, répondit mon ami, et nous voulons essayer de tous les métiers avant d'en choisir un. Le vôtre nous plaît

---

1. Cf. la note de la page 7.

parce qu'il se fait sur la mer et sous le ciel. — Vous avez raison, répliqua le vieux batelier, c'est un métier qui rend le cœur content et l'esprit confiant dans la protection des saints. Le pêcheur est sous la garde immédiate du ciel. L'homme ne sait pas d'où viennent le vent et la vague. Le rabot et la lime sont dans la main de l'ouvrier, la richesse ou la faveur sont dans la main du roi, mais la barque est dans la main de Dieu. ▪

Cette pieuse philosophie du *barcarole* [1] nous attacha davantage à l'idée de nous embarquer avec lui. Après une longue résistance il y consentit. Nous convînmes de lui donner chacun deux *carlins* par jour pour lui payer notre apprentissage et notre nourriture.

Ces conventions faites, il envoya l'enfant chercher à la Margellina un surcroît de provisions de pain, de vin, de fromages secs et de fruits. A la tombée du jour, nous l'aidâmes à mettre sa barque à flot et nous partîmes.

La première nuit fut délicieuse. La mer était calme comme un lac encaissé dans les montagnes de la Suisse. A mesure que nous nous éloignions du rivage, nous voyions les langues de feu des fenêtres du palais et des quais de Naples s'ensevelir sous la ligne sombre de l'horizon. Les phares seuls nous montraient la côte. Ils pâlissaient devant la légère colonne de feu qui s'élançait du cratère du Vésuve. Pendant que le pêcheur jetait et tirait le filet, et que l'enfant, à moitié endormi, laissait vaciller sa torche, nous donnions de temps en temps une faible impulsion à la barque, et nous écoutions avec ravissement les gouttes sonores de l'eau, qui ruisselait de nos rames, tomber harmonieusement dans la mer comme des perles dans un bassin d'argent.

Nous avions doublé depuis longtemps la pointe du Pausilippe, traversé le golfe de Pouzzoles, celui de Baïa, et franchi le canal du golfe de Gaëte, entre le cap Misène et l'île de Procida. Nous étions en pleine mer ; le sommeil nous gagnait. Nous nous couchâmes sous nos bancs, à côté de l'enfant.

Le pêcheur étendit sur nous la lourde voile pliée au fond de la barque. Nous nous endormîmes ainsi entre deux lames, bercés par le balancement insensible d'une mer qui faisait à peine incliner le mât. Quand nous nous réveillâmes, il était grand jour.

Un soleil étincelant moirait la mer de rubans de feu et se réverbérait sur les maisons blanches d'une côte inconnue. Une légère brise, qui venait de cette terre, faisait palpiter la voile sur nos têtes et nous poussait d'anse en anse et de rocher en rocher. C'était la côte dentelée et à pic de la charmante île d'Ischia, que je devais tant habiter et tant aimer plus tard.

---

1. *Barcarole ;* vénitien *barcarolo,* gondolier ; le féminin *barcarola* a donné *barcarolle,* chanson de gondolier.

Elle m'apparaissait, pour la première fois, nageant dans la lumière, sortant de la mer, se perdant dans le bleu du ciel, et éclose comme d'un rêve de poète pendant le léger sommeil d'une nuit d'été....

L'île d'Ischia, qui sépare le golfe de Gaëte du golfe de Naples, et qu'un étroit canal sépare elle-même de l'île de Procida, n'est qu'une seule montagne à pic dont la cime blanche et foudroyée plonge ses dents ébréchées dans le ciel. Ses flancs abrupts, creusés de vallons, de ravines, de lits de torrents, sont revêtus du haut en bas de châtaigniers d'un vert sombre. Ses plateaux les plus rapprochés de la mer et inclinés sur les flots portent des chaumières, des villas rustiques et des villages à moitié cachés sous les treilles de vigne. Chacun de ces villages a sa *marine*. On appelle ainsi le petit port où flottent les barques des pêcheurs de l'île et où se balancent quelques mâts de navires à voile latine. Les vergues touchent aux arbres et aux vignes de la côte.

Il n'y a pas une de ces maisons suspendues aux pentes de la montagne, cachée au fond de ses ravins, pyramidant sur un de ses plateaux, projetée sur un de ses caps, adossée à son bois de châtaigniers, ombragée par son groupe de pins, entourée de ses arcades blanches et festonnée de ses treilles pendantes, qui ne fût en songe la demeure idéale d'un poète ou d'un amant.

Nos yeux ne se lassaient pas de ce spectacle. La côte abondait en poissons. Le pêcheur avait fait une bonne nuit. Nous abordâmes à une des petites anses de l'île pour puiser de l'eau à une source voisine et pour nous reposer sous les rochers. Au soleil baissant, nous revînmes à Naples, couchés sur nos bancs de rameurs. Une voile carrée, placée en travers d'un petit mât sur la proue, dont l'enfant tenait l'écoute, suffisait pour nous faire longer les falaises de Procida et du cap Misène, et pour faire écumer la surface de la mer sous notre esquif.

Le vieux pêcheur et l'enfant, aidés par nous, tirèrent leur barque sur le sable et emportèrent les paniers de poisson dans la cave de la petite maison qu'ils habitaient sous les rochers de la Margellina.

Les jours suivants, nous reprîmes gaiement notre nouveau métier. Nous écumâmes tour à tour tous les flots de la mer de Naples. Nous suivions le vent avec indifférence partout où il soufflait. Nous visitâmes ainsi l'île de Capri, d'où l'imagination repousse encore l'ombre sinistre de Tibère ; Cumes et ses temples, ensevelis sous les lauriers touffus et sous les figuiers sauvages ; Baïa et ses plages mornes, qui semblent avoir vieilli et blanchi comme ces Romains dont elles abritaient jadis la jeunesse et les délices ; Portici et Pompeia, riants sous la lave et sous la cendre du Vésuve ; Castellamare, dont les hautes **et noires** forêts de lauriers et de châtaigniers sauvages, en se répétant dans la mer, teignent en vert sombre les flots toujours murmurants de la rade. Le vieux batelier connaissait partout quelque famille de pêcheurs comme lui, où nous recevions l'hospitalité quand la mer était grosse et nous empêchait de rentrer à Naples.

Pendant deux mois, nous n'entrâmes pas dans une auberge. Nous vivions en plein air avec le peuple et de la vie frugale du peuple. Nous nous étions faits peuple nous-mêmes pour être plus près de la nature. Nous avions presque son costume. Nous parlions sa langue, et la simplicité de ses habitudes nous communiquait pour ainsi dire la naïveté de ses sentiments.

Cette transformation, d'ailleurs, nous coûtait peu à mon ami et à moi. Élevés tous deux à la campagne pendant les orages de la révolution, qui avait abattu ou dispersé nos familles, nous avions beaucoup vécu, dans notre enfance, de la vie du paysan : lui, dans les montagnes du Grésivaudan, chez une nourrice qui l'avait recueilli pendant l'emprisonnement de sa mère ; moi, sur les collines du Mâconnais, dans la petite demeure rustique où mon père et ma mère avaient recueilli leur nid menacé. Du berger ou du laboureur de nos montagnes au pêcheur du golfe de Naples, il n'y a de différence que le site, la langue et le métier. Le sillon ou la vague inspirent les mêmes pensées aux hommes qui labourent la terre ou l'eau. La nature parle la même langue à ceux qui cohabitent avec elle sur la montagne ou sur la mer.

Nous l'éprouvions. Au milieu de ces hommes simples, nous ne nous trouvions pas dépaysés. Les mêmes instincts sont une parenté entre les hommes. La monotonie même de cette vie nous plaisait en nous endormant. Nous voyions avec peine avancer la fin de l'été et approcher ces jours d'automne et d'hiver après lesquels il faudrait rentrer dans notre patrie. Nos familles, inquiètes, commençaient à nous rappeler. Nous éloignions autant que nous le pouvions cette idée de départ, et nous aimions à nous figurer que cette vie n'aurait point de terme.

Cependant septembre commençait avec ses pluies et ses tonnerres. La mer était moins douce. Notre métier, plus pénible, devenait quelquefois dangereux. Les brises fraîchissaient, la vague écumait et nous trempait souvent de ses jaillissements. Nous avions acheté sur le môle deux de ces capotes de grosse laine brune que les matelots et les lazzaroni de Naples jettent pendant l'hiver sur leurs épaules. Les manches larges de ces capotes pendent à côté des bras nus. Le capuchon, flottant en arrière ou ramené sur le front, selon le temps, abrite la tête du marin de la pluie et du froid, ou laisse la brise et les rayons du soleil se jouer dans ses cheveux mouillés.

Un jour, nous partîmes de la Margellina par une mer d'huile, que ne ridait aucun souffle, pour aller pêcher des rougets et les premiers thons sur la côte de Cumes, où les courants les jettent dans cette saison. Les brouillards roux du matin flottaient à mi-côte et annonçaient un coup de vent pour le soir. Nous espérions le prévenir et avoir le temps de doubler le cap Misène avant que la mer lourde et dormante fût soulevée.

La pêche était abondante. Nous voulûmes jeter quelques filets de plus. Le vent nous surprit ; il tomba du sommet de l'Epomeo, immense montagne qui domine Ischia, avec le bruit et le poids de la montagne elle-même qui s'écroulerait dans la mer. Il aplanit d'abord tout l'espace liquide autour de nous, comme la herse de fer aplanit la glèbe et nivelle les sillons. Puis la vague, revenue de sa surprise, se gonfla murmurante et creuse, et s'éleva, en peu de minutes, à une telle hauteur, qu'elle nous cachait de temps à autre la côte et les îles [1].

Nous étions également loin de la terre ferme et d'Ischia, et déjà à demi engagés dans le canal qui sépare le cap Misène de l'île grecque de Procida. Nous n'avions qu'un parti à prendre : nous engager résolûment dans le canal, et, si nous réussissions à le franchir, nous jeter à gauche dans le golfe de Baïa [2] et nous abriter dans ses eaux tranquilles.

Le vieux pêcheur n'hésita pas. Du sommet d'une lame où l'équilibre de la barque nous suspendit un moment dans un tourbillon d'écume, il jeta un regard rapide autour de lui, comme un homme égaré qui monte sur un arbre pour chercher sa route, puis se précipitant au gouvernail : « A vos rames, enfants ! s'écria-t-il ; il faut que nous voguions au cap plus vite que le vent ; s'il nous y devance, nous sommes perdus ! » Nous obéîmes comme le corps obéit à l'instinct.

Les yeux fixés sur ses yeux pour y chercher le rapide indice de sa direction, nous nous penchâmes sur nos avirons, et tantôt gravissant péniblement le flanc des lames montantes, tantôt nous précipitant avec leur écume au fond des lames descendantes, nous cherchions à activer notre ascension ou à ralentir notre chute par la résistance de nos rames dans l'eau. Huit ou dix vagues de plus en plus énormes nous jetèrent dans le plus étroit du canal. Mais le vent nous avait devancés, comme l'avait dit le pilote, et, en s'engouffrant entre le cap et la pointe de l'île, il avait acquis une telle force, qu'il soulevait la mer avec les bouillonnements d'une lave furieuse; et que la vague, ne trouvant pas d'espace pour fuir assez vite devant l'ouragan qui la poussait, s'amoncelait sur elle-même, retombait, ruisselait, s'éparpillait dans tous les sens comme

1. On comparera cette tempête avec celle que Bernardin de Saint-Pierre décrit dans *Paul et Virginie.*— 2. *Baïa* ou *Baïes*, à 17 kil. ouest de Naples et à 3 kil. du cap Misène. Célèbre villégiature d'été sous les Romains. Cf. *Méditation*, XXIV.

une mer folle, et, cherchant à fuir sans pouvoir s'échapper du canal, se heurtait avec des coups terribles contre les rochers à pic du cap Misène et y élevait une colonne d'écume dont la poussière était renvoyée jusque sur nous.

Tenter de franchir ce passage avec une barque aussi fragile, et qu'un seul jet d'écume pouvait remplir et engloutir, c'était insensé. Le pêcheur jeta sur le cap éclairé par sa colonne d'écume un regard que je n'oublierai jamais, puis faisant le signe de la croix : « Passer est impossible, s'écria-t-il ; reculer dans la grande mer, encore plus. Il ne nous reste qu'un parti : aborder à Procida ou périr. »

Tout novices que nous fussions dans la pratique de la mer, nous sentions la difficulté d'une pareille manœuvre par un coup de vent. En nous dirigeant vers le cap, le vent nous prenait en poupe, nous chassait devant lui ; nous suivions la mer qui fuyait avec nous, et les vagues, en nous élevant sur leur sommet, nous relevaient avec elles. Elles avaient donc moins de chance de nous ensevelir dans les abîmes qu'elles creusaient. Mais pour aborder à Procida, dont nous apercevions les feux du soir briller à notre droite, il fallait prendre obliquement les lames et nous glisser, pour ainsi dire, dans leurs vallées vers la côte, en présentant le flanc à la vague et les minces bords de la barque au vent. Cependant, la nécessité ne nous permettait pas d'hésiter. Le pêcheur, nous faisant signe de relever nos rames, profita de l'intervalle d'une lame à une autre pour virer de bord. Nous mîmes le cap sur Procida, et nous voguâmes comme un brin d'herbe marine qu'une vague jette à l'autre vague et que le flot reprend au flot.

Nous avancions peu ; la nuit était tombée. La poussière, l'écume, les nuages que le vent roulait en lambeaux déchirés sur le canal en redoublaient l'obscurité. Le vieillard avait ordonné à l'enfant d'allumer une de ses torches de résine, soit pour éclairer un peu sa manœuvre dans les profondeurs de la mer, soit pour indiquer aux marins de Procida qu'une barque était en perdition dans le canal, et pour leur demander non leur secours, mais leurs prières.

C'était un spectacle sublime et sinistre que celui de ce pauvre enfant accroché d'une main au petit mât qui surmontait la proue, et de l'autre élevant au-dessus de sa tête cette torche de feu rouge, dont la flamme et la fumée se tordaient sous le vent et lui brûlaient les doigts et les cheveux. Cette étincelle flottante, apparaissant au sommet des lames et disparaissant dans leur profondeur, toujours prête à s'éteindre et toujours rallumée, était comme le symbole de ces quatre vies d'hommes qui luttaient entre le salut et la mort dans les ombres et dans les angoisses de cette nuit.

Trois heures, dont les minutes ont la durée des pensées qui

les mesurent, s'écoulèrent ainsi. La lune se leva, et, comme c'est l'habitude, le vent plus furieux se leva avec elle. Si nous avions eu la moindre voile, il nous eût chavirés vingt fois. Quoique les bords très bas de la barque donnassent peu de prise à l'ouragan, il y avait des moments où il semblait déraciner notre quille des flots, et où il nous faisait tournoyer comme une feuille sèche arrachée à l'arbre.

Nous embarquions beaucoup d'eau : nous ne pouvions suffire à la vider aussi vite qu'elle nous envahissait. Il y avait des moments où nous sentions les planches s'affaisser sous nous comme un cercueil qui descend dans la fosse. Le poids de l'eau rendait la barque moins obéissante et pouvait la rendre plus lente à se relever une fois entre deux lames. Une seule seconde de retard, et tout était fini.

Le vieillard, sans pouvoir parler, nous fit signe, les larmes aux yeux, de jeter à la mer tout ce qui encombrait le fond de la barque. Les jarres d'eau, les paniers de poissons, les deux grosses voiles, l'ancre de fer, les cordages, jusqu'à ses paquets de lourdes hardes, nos capotes même de grosse laine trempées d'eau, tout passa par-dessus le bord. Le pauvre nautonier regarda un moment surnager toute sa richesse. La barque se releva et courut légèrement sur la crête des vagues, comme un coursier qu'on a déchargé.

Nous entrâmes insensiblement dans une mer plus douce, un peu abritée par la pointe occidentale de Procida. Le vent faiblit, la flamme de la torche se redressa, la lune ouvrit une grande percée bleue entre les nuages ; les lames, en s'allongeant, s'aplanirent et cessèrent d'écumer sur nos têtes. Peu à peu la mer fut courte et clapoteuse comme dans une anse presque tranquille, et l'ombre noire de la falaise de Procida nous coupa la ligne de l'horizon. Nous étions dans les eaux du milieu de l'île.

La mer était trop grosse à la pointe pour en chercher le port. Il fallut nous résoudre à aborder l'île par ses flancs et au milieu de ses écueils. « N'ayons plus d'inquiétude, enfants, nous dit le pêcheur en reconnaissant le rivage à la clarté de la torche, la Madone nous a sauvés. Nous tenons la terre et nous coucherons cette nuit dans ma maison. » Nous crûmes qu'il avait perdu l'esprit, car nous ne lui connaissions d'autre demeure que sa cave sombre de la Margellina, et, pour y revenir avant la nuit, il fallait se rejeter dans le canal, doubler le cap et affronter de nouveau la mer mugissante à laquelle nous venions d'échapper.

Mais lui souriait de notre air d'étonnement, et comprenant nos pensées dans nos yeux : « Soyez tranquilles, jeunes gens, reprit-il, nous y arriverons sans qu'une seule vague nous mouille ». Puis il nous expliqua qu'il était de Procida ; qu'il

possédait encore sur cette côte de l'île la cabane et le jardin
de son père, et qu'en ce moment même sa femme âgée avec
sa petite fille, sœur de Beppino, notre jeune mousse, et deux
autres petits enfants, étaient dans sa maison, pour y sécher
les figues et pour y vendanger les treilles dont ils vendaient
les raisins à Naples. « Encore quelques coups de rame, ajouta-
t-il, et nous boirons de l'eau de la source, qui est plus limpide
que le vin d'Ischia. »

Ces mots nous rendirent courage ; nous ramâmes encore
pendant l'espace d'environ une lieue le long de la côte droite
et écumeuse de Procida. De temps en temps, l'enfant élevait
et secouait sa torche. Elle jetait sa lueur sinistre sur les rochers
et nous montrait partout une muraille inabordable. Enfin, au
tournant d'une pointe de granit qui s'avançait en forme de
bastion dans la mer, nous vîmes la falaise fléchir et se creuser
un peu comme une brèche dans un mur d'enceinte ; un coup
de gouvernail nous fit virer droit à la côte, trois dernières
lames jetèrent notre barque harassée entre deux écueils, où
l'écume bouillonnait sur un bas-fond.

La proue, en touchant la roche, rendit un son sec et éclatant
comme le craquement d'une planche qui tombe à faux et qui
se brise. Nous sautâmes dans la mer, nous amarrâmes de notre
mieux la barque avec un reste de cordage, et nous suivîmes le
vieillard et l'enfant qui marchaient devant nous.

Nous gravîmes contre le flanc de la falaise une espèce de
rampe étroite où le ciseau avait creusé dans le rocher des
degrés inégaux, tout glissants de la poussière de la mer. Cet
escalier de roc vif, qui manquait quelquefois sous les pieds,
était remplacé par quelques marches artificielles qu'on avait
formées en enfonçant par la pointe de longues perches dans
les trous de la muraille, et en jetant sur ce plancher tremblant
des planches goudronnées de vieilles barques ou des fagots de
branches de châtaignier garnies de leurs feuilles sèches.

Après avoir monté ainsi lentement environ quatre ou cinq
cents marches, nous nous trouvâmes dans une petite cour
suspendue qu'entourait un parapet de pierres grises. Au fond
de la cour s'ouvraient deux arches sombres qui semblaient
devoir conduire à un cellier. Au-dessus de ces arches massives,
deux arcades arrondies et surbaissées portaient un toit en
terrasse, dont les bords étaient garnis de pots de romarin et
de basilic. Sous les arcades, on apercevait une galerie rustique
où brillaient, comme des lustres d'or, aux clartés de la lune,
des régimes de maïs suspendus.

Une porte en planches mal jointes ouvrait sur cette galerie.
A droite, le terrain, sur lequel la maisonnette était inéga-
lement assise, s'élevait jusqu'à la hauteur du plain-pied de la
galerie. Un gros figuier et quelques ceps tortueux de vigne se

penchaient de là sur l'angle de la maison, en confondant leurs feuilles et leurs fruits sous les ouvertures de la galerie et en jetant deux ou trois festons serpentants sur le mur d'appui des arcades. Leurs branches grillaient à demi deux fenêtres basses qui s'ouvraient sur cette espèce de jardin ; et, si ce n'eût été ces fenêtres, on eût pu prendre la maison massive, carrée et basse, pour un des rochers gris de cette côte, ou pour un de ces blocs de lave refroidie que le châtaignier, le lierre et la vigne pressent et ensevelissent de leurs rameaux, et où le vigneron de Castellamare [1] ou de Sorrente creuse une grotte fermée d'une porte pour conserver son vin à côté du cep qui l'a porté.

Essoufflés par la montée longue et rapide que nous venions de faire et par le poids de nos rames que nous portions sur nos épaules, nous nous arrêtâmes un moment, le vieillard et nous, pour reprendre haleine dans cette cour. Mais l'enfant, jetant sa rame sur un tas de broussailles et gravissant légèrement l'escalier, se mit à frapper à l'une des fenêtres avec sa torche encore allumée, en appelant d'une voix joyeuse sa grand'mère et sa sœur : « Ma mère ! ma sœur ! *Madre ! Sorellina !* criait-il, *Gaetana ! Graziella !* réveillez-vous ; ouvrez, c'est le père, c'est moi ; ce sont des étrangers avec nous. »

Nous entendîmes une voix mal éveillée, mais claire et douce, qui jetait confusément quelques exclamations de surprise du fond de la maison. Puis le battant d'une des fenêtres s'ouvrit à demi, poussé par un bras nu et blanc qui sortait d'une manche flottante, et nous vîmes, à la lueur de la torche que l'enfant élevait vers la fenêtre en se dressant sur la pointe des pieds, une ravissante figure de jeune fille apparaître entre les volets plus ouverts.

Surprise au milieu de son sommeil par la voix de son frère, Graziella n'avait eu ni la pensée ni le temps de s'arranger une toilette de nuit. Elle s'était élancée pieds nus à la fenêtre, dans le désordre où elle dormait sur son lit. De ses longs cheveux noirs la moitié tombait sur une de ses joues ; l'autre moitié se tordait autour de son cou, puis, emportée de l'autre côté de son épaule par le vent qui soufflait avec force, frappait le volet entr'ouvert et revenait lui fouetter le visage comme l'aile d'un corbeau battue du vent.

Du revers de ses deux mains, la jeune fille se frottait les yeux en élevant ses coudes et en dilatant ses épaules avec ce premier geste d'un enfant qui se réveille et qui veut chasser le sommeil. Ses yeux, ovales et grands, étaient de cette couleur indécise entre le noir foncé et le bleu de mer, qui adoucit le

---

1 *Castellamare* (anc¹ Stabies), à 29 kil. s.-e. de Naples, sur le golfe. C'est près de Stabies que Pline l'Ancien trouva la mort en étudiant l'éruption du Vésuve de l'an 79. On y exploite quatorze sources d'eaux minérales sulfureuses.

rayonnement par l'humidité du regard et qui mêle à propor-
tions égales dans des yeux de femme la tendresse de l'âme
avec l'énergie de la passion, teinte céleste que les yeux des
femmes de l'Asie et de l'Italie empruntent au feu brûlant de
leur jour de flamme et à l'azur serein de leur ciel, de leur
mer et de leur nuit. Les joues étaient pleines, arrondies, d'un
contour ferme, mais d'un teint un peu pâle et un peu bruni
par le climat, non de cette pâleur maladive du Nord, mais
de cette blancheur saine du Midi qui ressemble à la couleur
du marbre exposé depuis des siècles à l'air et aux flots. La
bouche, dont les lèvres étaient plus ouvertes et plus épaisses
que celles des femmes de nos climats, avait les plis de la can-
deur et de la bonté. Les dents courtes, mais éclatantes, brillaient aux lueurs flottantes de la torche comme des écailles
de nacre aux bords de la mer sous la moire de l'eau frappée
du soleil.

.Tandis qu'elle parlait à son petit frère, ses paroles vives, un
peu âpres et accentuées, dont la moitié était emportée par la
brise, résonnaient comme une musique à nos oreilles. Sa
physionomie, aussi mobile que les lueurs de la torche qui
l'éclairait, passa en une minute de la surprise à l'effroi, de
l'effroi à la gaieté, de la tendresse au rire ; puis elle nous
aperçut derrière le tronc du gros figuier, elle se retira confuse
de la fenêtre, sa main abandonna le volet qui battit librement
la muraille ; elle ne prit que le temps d'éveiller sa grand'mère
et de s'habiller à demi, elle vint nous ouvrir la porte sous les
arcades et embrasser, tout émue, son grand-père et son frère.

La vieille mère parut bientôt tenant à la main une lampe
de terre rouge, qui éclairait son visage maigre et pâle et ses
cheveux aussi blancs que les écheveaux de laine qui flocon-
naient sur la table autour de sa quenouille. Elle baisa la main
de son mari et le front de l'enfant. Tout le récit que con-
tiennent ces lignes fut échangé en quelques mots et en quelques
gestes entre les membres de cette pauvre famille. Nous n'entendions pas tout. Nous nous tenions un peu à l'écart pour ne
pas gêner l'épanchement de cœur de nos hôtes. Ils étaient
pauvres ; nous étions étrangers : nous leur devions le respect.
Notre attitude réservée à la dernière place et près de la porte
le leur témoignait silencieusement.

Graziella jetait de temps en temps un regard étonné et
comme du fond d'un rêve sur nous. Quand le père eut fini de
raconter, la vieille mère tomba à genoux près du foyer ;
Graziella, montant sur la terrasse, rapporta une branche de
romarin et quelques fleurs d'oranger à larges étoiles blanches ;
elle prit une chaise, elle attacha le bouquet avec de longues
épingles, tirées de ses cheveux, devant une petite statue
enfumée de la Vierge placée au-dessus de la porte et devant

laquelle brûlait une lampe. Nous comprîmes que c'était une action de grâces à sa divine protectrice pour avoir sauvé son grand-père et son frère, et nous prîmes notre part de sa reconnaissance.

L'intérieur de la maison était aussi nu et aussi semblable au rocher que le dehors. Il n'y avait que les murs sans enduit, blanchis seulement d'un peu de chaux. Les lézards réveillés par la lueur glissaient et bruissaient dans les interstices des pierres et sous les feuilles de fougère qui servaient de lits aux enfants. Les nids d'hirondelles, dont on voyait sortir les petites têtes noires et briller les yeux inquiets, étaient suspendus aux solives couvertes d'écorce qui formaient le toit. Graziella et sa grand'mère couchaient ensemble dans la seconde chambre sur un lit unique, recouvert de morceaux de voiles. Des paniers de fruits et un bât de mulet jonchaient le plancher.

Le pêcheur se tourna vers nous avec une espèce de honte, en nous montrant de sa main la pauvreté de sa demeure ; puis il nous conduisit sur la terrasse, place d'honneur dans l'Orient et dans le midi de l'Italie. Aidé de l'enfant et de Graziella, il fit une espèce de hangar en appuyant une des extrémités de nos rames sur le mur du parapet de la terrasse, l'autre extrémité sur le plancher. Il couvrit cet abri d'une douzaine de fagots de châtaignier fraîchement coupés dans la montagne ; il étendit quelques bottes de fougère sous ce hangar ; il nous apporta deux morceaux de pain, de l'eau fraîche et des figues, et il nous invita à dormir.

Les fatigues et les émotions du jour nous rendirent le sommeil soudain et profond. Quand nous nous réveillâmes, les hirondelles criaient déjà autour de notre couche en rasant la terrasse, pour y dérober les miettes de notre souper : et le soleil, déjà haut dans le ciel, échauffait comme un four les fagots de feuilles qui nous servaient de toit.

Nous restâmes longtemps étendus sur notre fougère, dans cet état de demi-sommeil qui laisse l'homme moral sentir et penser avant que l'homme des sens ait le courage de se lever et d'agir. Nous échangions quelques paroles inarticulées, qu'interrompaient de longs silences et qui retombaient dans les rêves. La pêche de la veille, la barque balancée sous nos pieds, la mer furieuse, les rochers inaccessibles, la figure de Graziella entre deux volets, aux clartés de la résine : toutes ces images se croisaient, se brouillaient, se confondaient en nous.

Nous fûmes tirés de cette somnolence par les sanglots et les reproches de la vieille grand'mère, qui parlait à son mari dans la maison. La cheminée, dont l'ouverture perçait la terrasse, apportait la voix et quelques paroles jusqu'à nous.

La pauvre femme se lamentait sur la perte des jarres, de l'ancre, des cordages presque neufs, et surtout des deux belles voiles filées par elle, tissues de son propre chanvre, et que nous avions eu la barbarie de jeter à la mer pour sauver nos vies.

« Qu'avais-tu à faire, disait-elle au vieillard atterré et muet, de prendre ces deux étrangers, ces deux Français avec toi ? ne savais-tu pas que ce sont des païens (*pagani*) et qu'ils portent le malheur et l'impiété avec eux ? Les saints t'ont puni. Ils nous ont ravi notre richesse ; remercie-les encore de ce qu'ils ne nous ont pas ravi notre âme. »

Le pauvre homme ne savait que répondre. Mais Graziella, avec l'autorité et l'impatience d'une enfant à qui sa grand'mère permettait tout, se révolta contre l'injustice de ces reproches et prenant le parti du vieillard :

« Qu'est-ce qui vous a dit que ces étrangers sont des païens ? répondit-elle à sa grand'mère. Est-ce que les païens ont un air si compatissant pour les pauvres gens ? Est-ce que les païens font le signe de la croix comme nous devant l'image des saints ? Eh bien, je vous dis qu'hier, quand vous êtes tombée à genoux pour remercier Dieu, et quand j'ai attaché le bouquet à l'image de la Madone, je les ai vus baisser la tête comme s'ils priaient, faire le signe de la croix sur leur poitrine, et que même j'ai vu une larme briller dans les yeux du plus jeune et tomber sur sa main. — C'était une goutte de l'eau de mer qui tombait de ses cheveux, reprit aigrement la vieille femme.

— Et moi, je vous dis que c'était une larme, répliqua avec colère Graziella. Le vent qui soufflait avait bien eu le temps de sécher leurs cheveux depuis le rivage jusqu'au sommet de la côte. Mais le vent ne sèche pas le cœur [1]. Eh bien, je vous le répète, ils avaient de l'eau dans les yeux. » Nous comprîmes que nous avions une protectrice toute-puissante dans la maison, car la grand'mère ne répondit pas et ne murmura plus.

Nous nous hâtâmes de descendre pour remercier la pauvre famille de l'hospitalité que nous avions reçue. Nous trouvâmes le pêcheur, la vieille mère, Beppo, Graziella et jusqu'aux petits enfants, qui se disposaient à descendre vers la côte pour visiter la barque abandonnée la veille, et voir si elle était suffisamment amarrée contre le gros temps, car la tempête continuait encore. Nous descendîmes avec eux, le front baissé, timides comme des hôtes qui ont été l'occasion d'un malheur dans une famille, et qui ne sont pas sûrs des sentiments qu'on y a pour eux.

---

1. Nous signalons une fois pour toutes une de ces phrases de poésie toute *littéraire*, que Lamartine met comme une note fausse sur les lèvres de Graziella.

Le pêcheur et sa femme nous précédaient de quelques marches ; Graziella, tenant un de ses petits frères par la main et portant l'autre sur le bras, venait après. Nous suivions derrière, en silence. Au dernier détour d'une des rampes, d'où l'on voit les écueils que l'arête d'un rocher nous empêchait d'apercevoir encore, nous entendîmes un cri de douleur s'échapper à la fois de la bouche du pêcheur et de celle de sa femme. Nous les vîmes élever leurs bras nus au ciel, se tordre les mains comme dans les convulsions du désespoir, se frapper du poing le front et les yeux et s'arracher des touffes de cheveux blancs, que le vent emportait en tournoyant contre les rochers.

Graziella et les petits enfants mêlèrent bientôt leurs voix à ces cris. Tous se précipitèrent comme des insensés en franchissant les derniers degrés de la rampe vers les écueils, s'avancèrent jusque dans les franges d'écume que les vagues immenses chassaient à terre, et tombèrent sur la plage, les uns à genoux, les autres à la renverse, la vieille femme le visage dans ses mains et la tête dans le sable humide.

Nous contemplions cette scène de désespoir du haut du dernier petit promontoire, sans avoir la force d'avancer ni de reculer. La barque, amarrée au rocher, mais qui n'avait point d'ancre à la poupe pour la contenir, avait été soulevée pendant la nuit par les lames et mise en pièces contre les pointes des écueils qui devaient la protéger. La moitié du pauvre esquif tenait encore par la corde au roc où nous l'avions fixé la veille. Il se débattait avec un bruit sinistre comme des voix d'hommes en perdition qui s'éteignent dans un gémissement rauque et désespéré.

Les autres parties de la coque, la poupe, le mât, les membrures, les planches peintes, étaient semées çà et là sur la grève, semblables aux membres des cadavres déchirés par les loups après un combat. Quand nous arrivâmes sur la plage, le vieux pêcheur était occupé à courir d'un de ces débris à l'autre. Il les relevait, il les regardait d'un œil sec, puis il les laissait retomber à ses pieds pour aller plus loin. Graziella pleurait, assise à terre, la tête dans son tablier. Les enfants, leurs jambes nues dans la mer, couraient en criant après les débris des planches, qu'ils s'efforçaient de diriger vers le rivage.

Quant à la vieille femme, elle ne cessait de gémir et de parler en gémissant. Nous ne saisissions que des accents confus et des lambeaux de plaintes qui déchiraient l'air et qui fendaient le cœur : « O mer féroce ! mer sourde ! mer pire que les démons de l'enfer ! mer sans cœur et sans honneur ! » criait-elle avec des vocabulaires d'injures, en montrant le poing fermé aux flots, « pourquoi ne nous as-tu pas pris nous-mêmes ? nous tous ? puisque tu nous as pris notre gagne-pain ? Tiens ! tiens ! tiens ! prends-moi du moins en morceaux, puisque tu ne m'as pas prise tout entière ! »

Et en disant ces mots elle se levait sur son séant, elle jetait, avec des lambeaux de sa robe, des touffes de ses cheveux dans la mer. Elle frappait la vague du geste, elle piétinait dans l'écume ; puis, passant alternativement de la colère à la plainte et des convulsions à l'attendrissement, elle se rasseyait dans le sable, appuyait son front dans ses mains, et regardait en pleurant les planches disjointes battre l'écueil. « Pauvre barque ! » criait-elle, comme si ces débris eussent été les membres d'un être chéri à peine privé de sentiment, « est-ce là le sort que nous te devions ? Ne devions-nous pas périr avec toi ? Périr ensemble, comme nous avions vécu ? Là ! en morceaux, en débris, en poussière, criant, morte encore, sur l'écueil où tu nous as appelés toute la nuit, et où nous devions te secourir ! Qu'est-ce que tu penses de nous ? Tu nous avais si bien servis, et nous t'avons trahie, abandonnée, perdue ! Perdue, là, si près de la maison, à portée de la voix de ton maître ! jetée à la côte comme le cadavre d'un chien fidèle que la vague rejette aux pieds du maître qui l'a noyé ! »

Puis ses larmes étouffaient sa voix ; puis elle reprenait une à une toute l'énumération des qualités de sa barque, et tout l'argent qu'elle leur avait coûté, et tous les souvenirs qui se rattachaient pour elle à ce pauvre débris flottant. « Était-ce pour cela, disait-elle, que nous l'avions fait si bien radouber et si bien peindre après la dernière pêche du thon ? Était-ce pour cela que mon pauvre fils, avant de mourir et de me laisser ces trois enfants, sans père ni mère, l'avait bâtie avec tant de soins et d'amour, presque tout entière de ses propres mains ? Quand je venais prendre les paniers dans la cale, je reconnaissais les coups de sa hache dans le bois, et je les baisais en mémoire de lui. Ce sont les requins et les crabes de la mer qui les baiseront maintenant ! Pendant les soirs d'hiver, il avait sculpté lui-même avec son couteau l'image de saint François sur une planche, et il l'avait fixée à la proue pour la protéger contre le mauvais temps. O saint impitoyable ! Comment s'est-il montré reconnaissant ? Qu'a-t-il fait de mon fils, de sa femme et de la barque qu'il nous avait laissée après lui pour gagner la vie de ses pauvres enfants ? Comment s'est-il protégé lui-même, et où est-elle, son image, jouet des flots ? »

« Mère ! mère ! » s'écria un des enfants en ramassant sur la grève, entre deux rochers, un éclat du bateau laissé à sec par une lame, « voilà le saint ! » La pauvre femme oublia toute sa colère et tous ses blasphèmes, s'élança, les pieds dans l'eau, vers l'enfant, prit le morceau de planche sculpté par son fils, et le colla sur ses lèvres en le couvrant de larmes. Puis elle alla se rasseoir et ne dit plus rien.

Nous aidâmes Beppo et le vieillard à recueillir un à un tous les morceaux de la barque. Nous tirâmes la quille mutilée plus avant sur la plage. Nous fîmes un monceau de ces débris, dont quelques planches et les ferrures pouvaient servir encore à ces pauvres gens ; nous roulâmes par-dessus de grosses pierres, afin que les vagues, si elles montaient, ne dispersassent pas ces chers restes de l'esquif, et nous remontâmes, tristes et bien loin derrière nos hôtes, à la maison. L'absence de bateau et l'état de la mer ne nous permettaient pas de partir.

Après avoir pris, les yeux baissés et sans dire un mot, un morceau de pain et du lait de chèvre que Graziella nous apporta près de la fontaine, sous le figuier, nous laissâmes la maison à son deuil, et nous allâmes nous promener dans la haute treille de vignes et sous les oliviers du plateau élevé de l'île.

Nous nous parlions à peine, mon ami et moi, mais nous avions la même pensée et nous prenions par instinct tous les sentiers qui tendaient à la pointe orientale de l'île et qui devaient nous mener à la ville prochaine de Procida. Quelques chevriers et quelques jeunes filles au costume grec, que nous rencontrâmes portant des cruches d'huile sur leurs têtes, nous remirent plusieurs fois dans le vrai chemin. Nous arrivâmes enfin à la ville après une heure de marche.

« Voilà une triste aventure, me dit enfin mon ami. — Il faut la changer en joie pour ces bonnes gens, lui répondis-je. — J'y pensais, reprit-il en faisant sonner dans sa ceinture de cuir bon nombre de sequins d'or. — Et moi aussi ; mais je n'ai que cinq ou six sequins dans ma bourse. Cependant j'ai été de moitié dans le malheur, il faut que je sois de moitié aussi dans la réparation. — Je suis le plus riche des deux, dit mon ami ; j'ai un crédit chez un banquier de Naples. J'avancerai tout. Nous réglerons nos comptes en France. »

En parlant ainsi, nous descendions légèrement les rues en pente de Procida. Nous arrivâmes bientôt sur la *marine*. C'est ainsi qu'on appelle la plage voisine de la rade ou du port dans l'archipel et sur les côtes d'Italie. La plage était couverte de barques d'Ischia, de Procida et de Naples, que la tempête de la veille avait forcées de chercher un abri dans ses eaux. Les marins et les pêcheurs dormaient au soleil, au bruit décroissant des vagues, ou causaient par groupes assis sur le môle. A notre costume et au bonnet de laine rouge qui recouvrait nos cheveux, ils nous prirent pour de jeunes matelots de Toscane ou de Gênes qu'un des bricks qui portent l'huile ou le vin d'Ischia avait débarqués à Procida.

Nous parcourûmes la *marine* en cherchant de l'œil une

barque solide et bien gréée, qui pût être facilement manœuvrée par deux hommes, et dont la proportion et les formes se rapprochassent le plus possible de celle que nous avions perdue. Nous n'eûmes pas de peine à la trouver. Elle appartenait à un riche pêcheur de l'île, qui en possédait plusieurs autres. Celle-là n'avait encore que quelques mois de service. Nous allâmes chez le propriétaire, dont les enfants du port nous indiquèrent la maison.

Cet homme était gai, sensible et bon. Il fut touché du récit que nous lui fîmes du désastre de la nuit et de la désolation de son pauvre compatriote de Procida. Il n'en perdit pas une piastre sur le prix de son embarcation ; mais il n'en exagéra point la valeur, et le marché fut conclu pour trente-deux sequins d'or que mon ami lui paya comptant. Moyennant cette somme, le bateau et un gréement tout neuf, voiles, jarres, cordages, ancre de fer, tout fut à nous.

Nous complétâmes même l'équipement en achetant dans une boutique du port deux capotes de laine rousse, une pour le vieillard, l'autre pour l'enfant ; nous y joignîmes des filets de diverses espèces, des paniers à poisson et quelques ustensiles grossiers de ménage à l'usage des femmes. Nous convînmes avec le marchand de barques que nous lui payerions le lendemain trois sequins de plus si l'embarcation était conduite le jour même au point de la côte que nous lui désignâmes. Comme la bourrasque baissait et que la terre élevée de l'île abritait un peu la mer du vent de ce côté, il s'y engagea, et nous repartîmes par terre pour la maison d'Andréa.

Nous fîmes la route lentement, nous asseyant sous tous les arbres, à l'ombre de toutes les treilles, causant, rêvant, marchandant à toutes les jeunes *Procitanes* les paniers de figues, de nèfles, de raisins qu'elles portaient, et donnant aux heures le temps de couler. Quand, du haut d'un promontoire, nous aperçûmes notre embarcation qui se glissait furtivement sous l'ombre de la côte, nous pressâmes le pas pour arriver en même temps que les rameurs.

On n'entendait ni pas ni voix dans la petite maison et dans la vigne qui l'entourait. Deux beaux pigeons aux larges pattes emplumées et aux ailes blanches tigrées de noir, becquetant des grains de maïs sur le mur en parapet de la terrasse, étaient le seul signe de vie qui animât la maison. Nous montâmes sans bruit sur le toit ; nous y trouvâmes la famille profondément endormie. Tous, excepté les enfants, dont les jolies têtes reposaient à côté l'une de l'autre sur le bras de Graziella, sommeillaient dans l'attitude de l'affaissement produit par la douleur.

La vieille mère avait la tête sur ses genoux, et son haleine assoupie semblait sangloter encore. Le père était étendu sur le dos, les bras en croix, en plein soleil. Les hirondelles rasaient ses cheveux gris dans leur vol. Les mouches couvraient son front en sueur. Deux sillons creux et serpentant jusqu'à sa bouche attestaient que la force de l'homme s'était brisée en lui et qu'il s'était assoupi dans les larmes.

Ce spectacle nous fendit le cœur. La pensée du bonheur que nous allions rendre à ces pauvres gens nous consola. Nous les éveillâmes. Nous jetâmes aux pieds de Graziella et de ses petits frères, sur le plancher du toit, les pains frais, le fromage, les salaisons, les raisins, les oranges, les figues, dont nous nous étions chargés en route. La jeune fille et les enfants n'osaient se lever au milieu de cette pluie d'abondance qui tombait comme du ciel autour d'eux. Le père nous remerciait pour sa famille. La grand'mère regardait tout cela d'un œil terne. L'expression de sa physionomie se rapprochait plus de la colère que de l'indifférence.

« Allons, Andréa, dit mon ami au vieillard, l'homme ne doit pas pleurer deux fois ce qu'il peut racheter avec du travail et du courage. Il y a des planches dans les forêts et des voiles dans le chanvre qui pousse. Il n'y a que la vie de l'homme que le chagrin use qui ne repousse pas. Un jour de larmes consume plus de forces qu'un an de travail. Descendez avec nous, avec votre femme et vos enfants. Nous sommes vos matelots ; nous vous aiderons à remonter ce soir, dans la cour, les débris de votre naufrage. Vous en ferez des clôtures, des lits, des tables, des meubles pour la famille. Cela vous fera plaisir un jour de dormir tranquille dans votre vieillesse au milieu de ces planches, qui vous ont si longtemps bercé sur les flots. — Qu'elles puissent seulement nous faire des cercueils ! » murmura sourdement la grand'mère.

Cependant ils se levèrent et nous suivirent tous en descendant lentement les degrés de la côte ; mais on voyait que l'aspect de la mer et le son des lames leur faisaient mal. Je n'essayerai pas de décrire la surprise et la joie de ces pauvres gens quand, du haut du dernier palier de la rampe, ils aperçurent la belle embarcation neuve, brillante au soleil et tirée à sec sur le sable à côté des débris de l'ancienne, et que mon ami leur dit : « Elle est à vous ! » Ils tombèrent tous comme foudroyés de la même joie à genoux, chacun sur le degré où il se trouvait, pour remercier Dieu, avant de trouver des paroles pour nous remercier nous-mêmes. Mais leur bonheur nous remerciait assez.

Ils se relevèrent à la voix de mon ami qui les appelait. Ils coururent sur ses pas vers la barque. Ils en firent d'abord à distance et respectueusement le tour, comme s'ils eussent craint qu'elle n'eût quelque chose de fantastique et qu'elle ne s'évanouît comme un prodige. Puis ils s'en approchèrent de

plus près, puis ils la touchèrent en portant ensuite à leur
front et à leurs lèvres la main qui l'avait touchée. Enfin ils
poussèrent des exclamations d'admiration et de joie, et, se
prenant les mains en chaîne, depuis la vieille femme jusqu'aux
petits enfants, ils dansèrent autour de la coque.

Beppo fut le premier qui y monta. Debout sur le petit
faux-pont de la proue, il tirait un à un de la cale tout le gré-
ment dont nous l'avions remplie : l'ancre, les cordages, les
jarres à quatre anses, les belles voiles neuves, les paniers, les
capotes aux larges manches ; il faisait sonner l'ancre, il élevait
les rames au-dessus de sa tête, il dépliait la toile, il froissait
entre ses doigts le rude duvet des manteaux, il montrait
toutes ces richesses à son grand-père, à sa grand'mère, à sa
sœur, avec des cris et des trépignements de bonheur. Le père,
la mère, Graziella, pleuraient en regardant tour à tour la
barque et nous.

Les marins qui avaient amené l'embarcation, cachés derrière
les rochers, pleuraient aussi. Tout le monde nous bénissait.
Graziella, le front baissé et plus sérieuse dans sa reconnaissance, s'approcha de sa grand'mère, et je l'entendis murmurer
en nous montrant du doigt : « Vous disiez que c'étaient des
païens ; et quand je vous disais, moi, que ce pouvaient bien
être plutôt des anges ! Qui est-ce qui avait raison ? ».

La vieille femme se jeta à nos pieds et nous demanda
pardon de ses soupçons. Depuis cette heure, elle nous aima
presque autant qu'elle aimait sa petite-fille ou Beppo.

Nous congédiâmes les marins de Procida, après leur avoir
payé les trois sequins convenus. Nous nous chargeâmes chacun
d'un des objets de gréement qui encombraient la cale. Nous
rapportâmes à la maison, au lieu des débris de sa fortune,
toutes ces richesses de l'heureuse famille. Le soir, après souper,
à la clarté de la lampe, Beppo détacha du chevet du lit de sa
grand'mère le morceau de planche brisée où la figure de saint
François avait été sculptée par son père ; il l'équarrit avec
une scie ; il la nettoya avec son couteau ; il la polit et la
peignit à neuf. Il se proposait de l'incruster le lendemain sur
l'extrémité intérieure de la proue, afin qu'il y eût dans la
nouvelle barque quelque chose de l'ancienne. C'est ainsi que
les peuples de l'antiquité, quand ils élevaient un temple sur
l'emplacement d'un autre temple, avaient soin d'introduire
dans la construction du nouvel édifice les matériaux, ou une
colonne au moins, de l'ancien, afin qu'il y eût quelque chose
de vieux et de sacré dans le moderne, et que le souvenir lui-
même fruste et grossier eût son culte et son prestige pour le
cœur parmi les chefs-d'œuvre du sanctuaire nouveau. L'homme
est partout l'homme. Sa nature sensible a toujours les mêmes
instincts, qu'il s'agisse du Parthénon, de Saint-Pierre de

Rome ou d'une pauvre barque de pêcheur sur un écueil de Procida.

Cette nuit fut peut-être la plus heureuse de toutes les nuits que la Providence eût destinées à cette maison depuis qu'elle est sortie du rocher et jusqu'à ce qu'elle retombe en poussière. Nous dormîmes aux coups de vent dans les oliviers, au bruit des lames sur la côte et aux lueurs rasantes de la lune sur notre terrasse. A notre réveil, le ciel était balayé comme un cristal poli, la mer foncée et tigrée d'écume comme si l'eau eût sué de vitesse et de lassitude. Mais le vent, plus furieux, mugissait toujours. La poussière blanche que les vagues accumulaient sur la pointe du cap Misène s'élevait encore plus haut que la veille. Elle noyait toute la côte de Cumes dans un flux et un reflux de brume lumineuse qui ne cessait de monter et de retomber. On n'apercevait aucune voile sur le golfe de Gaëte ni sur celui de Baïa. Les hirondelles de mer fouettaient l'écume de leurs ailes blanches, seul oiseau qui ait son élément dans la tempête et qui crie de joie pendant les naufrages, comme ces habitants maudits de la Baie des Trépassés qui attendent leur proie des navires en perdition [1].

Nous éprouvions, sans nous le dire, une joie secrète d'être ainsi emprisonnés par le gros temps dans la maison et dans la vigne du batelier. Cela nous donnait le temps de savourer notre situation et de jouir du bonheur de cette pauvre famille à laquelle nous nous attachions comme des enfants

Le vent et la grosse mer nous y retinrent neuf jours entiers. Nous aurions désiré, moi surtout, que la tempête ne finît jamais et qu'une nécessité involontaire et fatale nous fît passer des années où nous nous trouvions si captifs et si heureux. Nos journées s'écoulaient pourtant bien insensibles et bien uniformes. Rien ne prouve mieux combien peu de chose suffit au bonheur quand le cœur est jeune et jouit de tout. C'est ainsi que les aliments les plus simples soutiennent et renouvellent la vie du corps quand l'appétit les assaisonne et que les organes sont neufs et sains...

Nous éveiller au cri des hirondelles qui effleuraient notre toit de feuilles sur la terrasse où nous avions dormi ; écouter la voix enfantine de Graziella, qui chantait à demi-voix dans la vigne, de peur de troubler le sommeil des deux étrangers ; descendre rapidement à la plage pour nous plonger dans la mer et nager quelques minutes dans une petite calanque, dont le sable fin brillait à travers la transparence d'une eau profonde, et où le mouvement et l'écume de la haute mer ne pénétraient pas ; remonter lentement à la maison en séchant

---

1 *La Baie des Trépassés*, sur la côte ouest du Finistère, près de la pointe du Raz. (Cf. MICHELET, *Histoire de France*, dans les *Classiques pour tous*.)

et en réchauffant au soleil nos cheveux et nos épaules trempés
par le bain ; déjeuner dans la vigne d'un morceau de pain et
de fromage de buffle, que la jeune fille nous apportait et
rompait avec nous ; boire l'eau claire et rafraîchie de la
source, puisée par elle dans une petite jarre de terre oblongue
qu'elle penchait en rougissant sur son bras, pendant que nos
lèvres se collaient à l'orifice ; aider ensuite la famille dans les
mille petits travaux rustiques de la maison et du jardin ;
relever les pans de murs de clôture qui entouraient la vigne
et qui supportaient les terrasses ; déraciner de grosses pierres,
qui avaient roulé, l'hiver, du haut de ces murs sur les jeunes
plants de vigne, et qui empiétaient sur le peu de culture qu'on
pouvait pratiquer entre les ceps ; apporter dans le cellier les
grosses courges jaunes dont une seule était la charge d'un
homme ; couper ensuite leurs filaments qui couvraient la
terre de leurs larges feuilles et qui embarrassaient les pas dans
leurs réseaux ; tracer entre chaque rangée de ceps, sous les
treilles hautes, une petite rigole dans la terre sèche, pour que
l'eau de la pluie s'y rassemblât d'elle-même et les abreuvât
plus longtemps : creuser, pour le même usage, des espèces de
puits en entonnoir au pied des figuiers et des citronniers :
telles étaient nos occupations matinales, jusqu'à l'heure où le
soleil dardait d'aplomb sur le toit, sur le jardin, sur la cour, et
nous forçait à chercher l'abri des treilles. La transparence et
le reflet des feuilles de vigne y teignaient les ombres flottantes
d'une couleur chaude et un peu dorée.

CHAPITRE DEUXIÈME

Graziella alors rentrait à la maison pour filer auprès de sa
grand'mère ou pour préparer le repas du milieu du jour.
Quant au vieux pêcheur et à Beppo, ils passaient les journées
entières au bord de la mer à arrimer la barque neuve, à y faire
les perfectionnements que leur passion pour leur nouvelle
propriété leur inspirait, et à essayer les filets à l'abri des
écueils. Ils nous rapportaient toujours, pour le repas de midi,
quelques crabes ou quelques anguilles de mer, aux écailles
plus luisantes que le plomb fraîchement fondu. La mère les
faisait frire dans l'huile des oliviers. La famille conservait cette
huile, selon l'usage du pays, au fond d'un petit puits creusé
dans le rocher tout près de la maison, et fermé d'une grosse
pierre où l'on avait scellé un anneau de fer. Quelques con-
combres frits de même et découpés en lanières dans la poêle,
quelques coquillages frais, semblables à des moules, et qu'on

appelle *frutti di mare*, fruits de mer, composaient pour nous ce frugal dîner, le principal et le plus succulent repas de la journée. Des raisins muscats aux longues grappes jaunes, cueillis le matin par Graziella, conservés sur leur tige et sous leurs feuilles, et servis sur des corbeilles plates d'osier tressé, formaient le dessert. Une tige ou deux de fenouil vert et cru trempé dans le poivre, et dont l'odeur d'anis parfume les lèvres et relève le cœur, nous tenaient lieu de liqueurs et de café, selon l'usage des marins et des paysans de Naples. Après le dîner nous allions chercher, mon ami et moi, quelque abri ombragé et frais au sommet de la falaise, en vue de la mer et de la côte de Baïa, et nous y passions, à regarder, à rêver et à lire, les heures brûlantes du jour, jusque vers quatre ou cinq heures après midi.

Graziella nous demandait souvent qu'est-ce que nous lisions donc tout le jour dans nos livres. Elle croyait que c'étaient des prières, car elle n'avait jamais vu de livres qu'à l'église dans la main des fidèles qui savaient lire et qui suivaient les paroles saintes du prêtre. Elle nous croyait très pieux, puisque nous passions des journées entières à balbutier des paroles mystérieuses. Seulement elle s'étonnait que nous ne nous fissions pas prêtres ou ermites dans un séminaire de Naples ou dans quelque monastère des îles. Pour la détromper, nous essayâmes de lire deux ou trois fois, en les traduisant en langue vulgaire du pays, des passages de Foscolo et quelques beaux fragments de notre Tacite [1].

... Nous essayâmes, un soir, de leur lire *Paul et Virginie* [1]. Ce fut moi qui le traduisis en lisant, parce que j'avais tant l'habitude de le lire que je le savais, pour ainsi dire, par cœur. Familiarisé par un plus long séjour en Italie avec la langue, les expressions ne me coûtaient rien à trouver et coulaient de mes lèvres comme une langue maternelle. A peine cette lecture eut-elle commencé, que les physionomies de notre petit auditoire changèrent et prirent une expression d'attention et de recueillement, indice certain de l'émotion du cœur. Nous avions rencontré la note qui vibre à l'unisson dans l'âme de tous les hommes, de tous les âges et de toutes les conditions, la note sensible, la note universelle, celle qui renferme dans un seul son l'éternelle vérité de l'art : la nature, l'amour et Dieu.

Je n'avais encore lu que quelques pages, et déjà vieillards,

---

1. *Foscolo (Ugo)*, né en 1778, mort en 1827, écrivain italien, auteur des *Lettres de Jaccopo Octis* (1798), imitées de *Werther* de Gœthe.— *Tacite*, historien latin du 1er siècle de notre ère, auteur des *Histoires* et des *Annales*. — 2. *Paul et Virginie*, de Bernardin de Saint-Pierre, ouvrage publié en 1787. On sait que la première lecture de *Paul et Virginie*, dans le salon de Madame Necker, n'eut aucun succès. Mais le livre, à peine imprimé, devint populaire.

jeune fille, enfant, tout avait changé d'attitude. Le pêcheur, le coude sur son genou et l'oreille penchée de mon côté, oubliait d'aspirer la fumée de sa pipe. La vieille grand'mère, assise en face de moi, tenait ses deux mains jointes sous son menton, avec le geste des pauvres femmes qui écoutent la parole de Dieu, accroupies sur le pavé des temples. Beppo était descendu du mur de la terrasse, où il était assis tout à l'heure. Il avait placé, sans bruit, sa guitare sur le plancher. Il posait sa main à plat sur le manche, de peur que le vent ne fît résonner ses cordes. Graziella, qui se tenait ordinairement un peu loin, se rapprochait insensiblement de moi, comme si elle eût été fascinée par une puissance d'attraction cachée dans le livre.

Adossée au mur de la terrasse, au pied duquel j'étais étendu moi-même, elle se rapprochait de plus en plus de mon côté, appuyée sur sa main gauche, qui portait à terre, dans l'attitude du gladiateur blessé. Elle regardait avec de grands yeux bien ouverts tantôt le livre, tantôt mes lèvres, d'où coulait le récit : tantôt le vide entre mes lèvres et le livre, comme si elle eût cherché du regard l'invisible esprit qui me l'interprétait. J'entendais son souffle inégal s'interrompre ou se précipiter, suivant les palpitations du drame, comme l'haleine essoufflée de quelqu'un qui gravit une montagne et qui se repose pour respirer de temps en temps. Avant que je fusse arrivé au milieu de l'histoire, la pauvre enfant avait oublié sa réserve un peu sauvage avec moi. Je sentais la chaleur de sa respiration sur mes mains. Ses cheveux frissonnaient sur mon front. Deux ou trois larmes brûlantes, tombées de ses joues, tachaient les pages tout près de mes doigts.

Excepté ma voix lente et monotone, qui traduisait littéralement à cette famille de pêcheurs ce poème du cœur, on n'entendait aucun bruit que les coups sourds et éloignés de la mer, qui battait la côte là-bas sous nos pieds. Ce bruit même était en harmonie avec la lecture. C'était comme le dénoûment pressenti de l'histoire, qui grondait d'avance dans l'air au commencement et pendant le cours du récit. Plus ce récit se déroulait, plus il semblait attacher nos simples auditeurs. Quand j'hésitais, par hasard, à trouver l'expression juste pour rendre le mot français, Graziella, qui depuis quelque temps tenait la lampe abritée contre le vent par son tablier, l'approchait tout près des pages et brûlait presque le livre dans son impatience, comme si elle eût pensé que la lumière du feu allait faire jaillir le sens intellectuel à mes yeux et éclore plus vite les paroles sur mes lèvres. Je repoussais en souriant la lampe de la main sans détourner mon regard de la page, et je sentais mes doigts tout chauds de ses pleurs.

Quand je fus arrivé au moment où Virginie, rappelée en France par sa tante, sent, pour ainsi dire, le déchirement de son être en deux, et s'efforce de consoler Paul sous les bananiers, en lui parlant de retour et en lui montrant la mer qui va l'emporter, je fermai le volume et je remis la lecture au lendemain.

Ce fut un coup au cœur de ces pauvres gens. Graziella se mit à genoux devant moi, puis devant mon ami, pour nous supplier d'achever l'histoire. Mais ce fut en vain. Nous voulions prolonger l'intérêt pour elle, le charme de l'épreuve pour nous. Elle arracha alors le livre de mes mains. Elle l'ouvrit, comme si elle eût pu, à force de volonté, en comprendre les caractères. Elle lui parla, elle l'embrassa. Elle le remit respectueusement sur mes genoux, en joignant les mains et en me regardant en suppliante.

Sa physionomie si sereine et si souriante dans le calme, mais un peu austère, avait pris tout à coup dans la passion et dans l'attendrissement sympathique de ce récit quelque chose de l'animation, du désordre et du pathétique du drame. On eût dit qu'une révolution subite avait changé ce beau marbre en chair et en larmes. La jeune fille sentait son âme, jusque-là dormante, se révéler à elle dans l'âme de Virginie. Elle semblait avoir mûri de six ans dans cette demi-heure. Les teintes orageuses de la passion marbraient son front, le blanc azuré de ses yeux et de ses joues. C'était comme une eau calme et abritée où le soleil, le vent et l'ombre seraient venus à lutter tout à coup pour la première fois. Nous ne pouvions nous lasser de la regarder dans cette attitude. Elle, qui jusque-là ne nous avait inspiré que de l'enjouement, nous inspira presque du respect. Mais ce fut en vain qu'elle nous conjura de continuer ; nous ne voulûmes pas user notre puissance en une seule fois, et ses belles larmes nous plaisaient trop à faire couler pour en tarir la source en un jour. Elle se retira en boudant et éteignit la lampe avec colère.

Le lendemain, quand je la revis sous les treilles et que je voulus lui parler, elle se détourna comme quelqu'un qui cache ses larmes et refusa de me répondre. On voyait à ses yeux bordés d'un léger cercle noir, à la pâleur plus mate de ses joues et à une légère et gracieuse dépression des coins de sa bouche, qu'elle n'avait pas dormi, et que son cœur était encore gros des chagrins imaginaires de la veillée. Merveilleuse puissance d'un livre qui agit sur le cœur d'une enfant illettrée et d'une famille ignorante avec toute la force d'une réalité, et dont la lecture est un événement dans la vie du cœur !

C'est que de même que je traduisais le poème, le poème avait traduit la nature, et que ces événements si simples, le berceau de ces deux enfants aux pieds de deux pauvres mères, leurs amours innocents, leur séparation cruelle, ce retour trompé par la mort, ce naufrage et ces deux tombeaux, n'enfermant qu'un seul cœur, sous les bananiers, sont des choses que tout le monde sent et comprend, depuis le palais jusqu'à la cabane du pêcheur. Les poètes cherchent le génie bien loin, tandis qu'il est dans le cœur, et que quelques notes bien simples, touchées pieusement et par hasard sur cet instrument monté par Dieu même, suffisent pour faire pleurer tout un siècle, et pour devenir aussi populaires que l'amour et aussi sympathiques que le sentiment. Le sublime lasse, le beau trompe, le pathétique seul est infaillible dans l'art. Celui qui sait attendrir sait tout. Il y a plus de génie dans une larme que dans tous les musées et dans toutes les bibliothèques de l'univers. L'homme est comme l'arbre qu'on secoue pour en faire tomber ses fruits : on n'ébranle jamais l'homme sans qu'il en tombe des pleurs.

Tout le jour, la maison fut triste comme s'il était arrivé un événement douloureux dans l'humble famille. On se réunit pour prendre les repas, sans presque se parler. On se sépara. On se retrouva sans sourire. On voyait que Graziella n'avait point le cœur à ce qu'elle faisait en s'occupant dans le jardin ou sur le toit. Elle regardait souvent si le soleil baissait, et, de cette journée, il était visible qu'elle n'attendait que le soir.

Quand le soir fut venu et que nous eûmes repris tous nos places ordinaires sur l'*astrico*, je rouvris le livre et j'achevai la lecture au milieu des sanglots. Père, mère, enfants, mon ami, moi-même, tous participaient à l'émotion générale. Le son morne et grave de ma voix se pliait, à mon insu, à la tristesse des aventures et à la gravité des paroles. Elles semblaient, à la fin du récit, venir de loin et tomber de haut dans l'âme avec l'accent creux d'une poitrine vide où le cœur ne **bat plus** et qui ne participe plus aux choses de la terre que par la tristesse, la religion et le souvenir.

Il nous fut impossible de prononcer de vaines paroles après ce récit. Graziella resta immobile et sans geste, dans l'attitude où elle était en écoutant, comme si elle écoutait encore. Le silence, cet applaudissement des impressions durables et vraies, ne fut interrompu par personne. Chacun respectait dans les autres les pensées qu'il sentait en soi-même. La lampe presque consumée s'éteignit insensiblement sans qu'aucun de nous y portât la main pour la ranimer. La famille se leva et se retira furtivement. Nous restâmes seuls, mon ami et moi, confondus de la toute-puissance de la vérité, de la simplicité et du sentiment sur tous les hommes, sur tous les âges et sur tous les pays.

Peut-être une autre émotion remuait-elle déjà aussi le fond de notre cœur. La ravissante image de Graziella transfigurée par ses larmes, initiée à la douleur par l'amour, flottait dans nos rêves avec **la céleste création de Virginie. Ces deux noms** et ces deux enfants, confondus dans des apparitions errantes, enchantèrent ou attristèrent notre sommeil agité jusqu'au matin. Le soir de ce jour et les deux jours qui suivirent, il fallut relire deux fois à la jeune fille le même récit. Nous l'aurions relu cent fois de suite qu'elle ne se serait pas lassée de le demander encore. C'est le caractère des imaginations du Midi, rêveuses et profondes, de ne pas chercher la variété dans la poésie ou dans la musique ; la musique et la poésie ne sont, pour ainsi dire, que les thèmes sur lesquels chacun brode ses propres sentiments ; on s'y nourrit, sans satiété, comme le peuple, du même récit et du même air pendant des siècles. La nature elle-même, cette musique et cette poésie suprême, qu'a-t-elle autre chose que deux ou trois paroles et deux ou trois notes, toujours les mêmes, avec lesquelles elle attriste ou enchante les hommes, depuis le premier soupir jusqu'au dernier ?

Au lever du soleil, le neuvième jour, le vent de l'équinoxe tomba enfin, et, en peu d'heures, la mer redevint une mer d'été. Les montagnes mêmes de la côte de Naples, ainsi que les eaux et le ciel, semblaient nager dans un fluide plus limpide et plus bleu que pendant les mois des grandes chaleurs, comme si la mer, le firmament et les montagnes eussent déjà senti ce premier frisson de l'hiver, qui cristallise l'air et le fait étinceler comme l'eau figée des glaciers. Les feuilles jaunies de la vigne et les feuilles brunies des figuiers commençaient à tomber et à joncher la cour. Les raisins étaient cueillis. Les figues séchées sur l'*astrico* au soleil étaient emballées dans des paniers grossiers d'herbes marines tressées en nattes par les femmes. La barque était pressée d'essayer la mer, et le vieux pêcheur de ramener sa famille à la Margellina. On nettoya la maison et le toit, on couvrit la source d'une grosse pierre, pour que les feuilles séchées et les eaux d'hiver n'en corrompissent pas le bassin. On épuisa d'huile le petit puits creusé dans la roche. On mit l'huile dans des jarres ; les enfants les descendirent à la mer en passant de petits bâtons dans les anses. On fit un paquet entouré de cordes du matelas et des couvertures du lit. On alluma une dernière fois la lampe sous l'image abandonnée du foyer. On fit une dernière prière devant la Madone, pour lui recommander la maison, le figuier, la vigne que l'on quittait ainsi pour plusieurs mois. Puis l'on ferma la porte. On cacha la clef au fond d'une fente de rocher recouverte de lierre, pour que le pêcheur, s'il revenait pendant l'hiver, sût où la trouver et qu'il pût visiter son toit. Nous descendîmes ensuite à la mer, aidant la pauvre famille à emporter et à embarquer l huile, les pains et les fruits.

CHAPITRE TROISIÈME

Notre retour à Naples, en longeant le fond du golfe de Baïa et les pentes sinueuses du Pausilippe, fut une véritable fête pour la jeune fille, pour les enfants, pour nous, un triomphe pour Andréa. Nous rentrâmes à la Margellina à nuit close et en chantant. Les vieux amis et les voisins du pêcheur ne se lassaient pas d'admirer sa nouvelle barque. Ils l'aidèrent à la décharger et à la tirer à terre. Comme nous lui avions défendu de dire à qui il la devait, on fit peu d'attention à nous.

Après avoir tiré l'embarcation sur la grève, et porté les paniers de figues et de raisins au-dessus de la cave d'Andréa, près du seuil de trois chambres basses habitées par la vieille mère, les petits enfants et Graziella, nous nous retirâmes inaperçus. Nous traversâmes, non sans serrement de cœur, le tumulte bruyant des rues populeuses de Naples, et nous rentrâmes dans nos logements.

Nous nous proposions, après quelques jours de repos à Naples, de reprendre la même vie avec le pêcheur toutes les fois que la mer le permettrait. Nous nous étions si bien accoutumés à la simplicité de nos costumes et à la nudité de la barque depuis trois mois, que le lit, les meubles de nos chambres et nos habits de ville nous semblaient un luxe gênant et fastidieux. Nous espérions bien ne les reprendre que pour peu de jours. Mais le lendemain, en allant chercher à la poste nos lettres arriérées, mon ami en trouva une de sa mère. Elle rappelait son fils sans retard en France pour assister au mariage de sa sœur. Son beau-frère devait venir au-devant de lui jusqu'à Rome. D'après les dates, il devait déjà y être arrivé. Il n'y avait pas à atermoyer : il fallait partir.

J'aurais dû partir avec lui. Je ne sais quel attrait d'isolement et d'aventure me retenait. La vie du marin, la cabane du pêcheur, l'image de Graziella y étaient peut-être bien pour quelque chose, mais confusément. Le vertige de la liberté, l'orgueil de me suffire à moi-même à trois cents lieues de mon pays, la passion du vague et de l'inconnu, cette perspective aérienne des jeunes imaginations, y étaient pour davantage.

Nous nous séparâmes avec un mâle attendrissement. Il me promit de venir me rejoindre aussitôt qu'il aurait satisfait à ses devoirs de fils et de frère. Il me prêta cinquante louis pour combler le vide que ces six mois avaient fait dans ma bourse, et il partit.

Ce départ, l'absence de cet ami, qui était pour moi ce qu'un frère plus âgé est à un frère presque enfant, me laissèrent dans un isolement que toutes les heures m'approfondissaient et dans lequel je me sentais enfoncer comme dans un abîme.

Je traînai quelques jours cette tristesse de rue en rue, de théâtre en théâtre, de lecture en lecture, sans pouvoir la secouer ; puis enfin elle finit par me vaincre. Je tombai malade, de ce qu'on appelle le mal du pays. Ma tête était lourde ; mes jambes ne pouvaient me porter. J'étais pâle et défait. Je ne mangeais plus. Le silence m'attristait ; le bruit me faisait mal ; je passais les nuits sans sommeil et les jours couché sur mon lit, sans avoir ni l'envie ni même la force de me lever. Je demandai un médecin ; il vint, me regarda, me tâta le pouls et me dit que je n'avais aucun mal. La vérité c'est que j'avais un mal auquel sa médecine n'avait pas de remède, un mal d'âme et d'imagination. Il s'en alla. Je ne le revis plus.

Cependant je me sentis si mal le lendemain que je cherchai dans ma mémoire de qui je pourrais attendre quelque secours et quelque pitié si je venais à ne pas me relever. L'image de la pauvre famille du pêcheur de la Margellina, au milieu de laquelle je vivais encore en souvenir, me revint naturellement à l'esprit. J'envoyai un enfant qui me servait chercher Andréa et lui dire que le plus jeune des deux étrangers était malade et demandait à le voir.

Quand l'enfant porta son message, Andréa était en mer avec Beppino ; la grand'mère était occupée à vendre les poissons sur les quais de Chiaja. Graziella seule était à la maison avec ses petits frères. Elle prit à peine le temps de les confier à une voisine, de se vêtir de ses habits les plus neufs de Procitane, et elle suivit l'enfant qui lui montra la rue, le vieux couvent, et la précéda sur l'escalier.

J'entendis frapper doucement à la porte de ma chambre. La porte s'ouvrit comme poussée par une main invisible : j'aperçus Graziella. Elle jeta un cri de pitié en me voyant. Elle fit quelques pas en s'élançant vers mon lit ; puis, se retenant et s'arrêtant debout, les mains entrelacées et pendantes sur son tablier, la tête penchée sur l'épaule gauche dans l'attitude de la Pitié : « Comme il est pâle, se dit-elle tout bas ; et comment si peu de jours ont-ils pu lui changer à ce point le visage ! Et où est l'autre ? » dit-elle en se retournant et en cherchant des yeux mon compagnon ordinaire dans la chambre. « Il est parti, lui dis-je, et je suis seul et inconnu à Naples. — Parti ? dit-elle. En vous laissant seul et malade ainsi ? Il ne vous aimait donc pas ! Ah ! si j'avais été à sa place, je ne serais pas partie, moi ; et pourtant je ne suis pas votre frère, et je ne vous connais que depuis le jour de la tempête ! »

Je lui expliquai que je n'étais pas malade quand mon ami m'avait quitté. « Mais comment », reprit-elle vivement et avec un ton de reproche moitié tendre, moitié calme, « n'avez-

vous pas pensé que vous aviez d'autres amis à la Margellina ?
Ah ! je le vois, » ajouta-t-elle tristement et en regardant ses
manches et le bas de sa robe, « c'est que nous sommes de
pauvres gens et que nous vous aurions fait honte en entrant
dans cette belle maison. C'est égal, » poursuivit-elle en s'es-
suyant les yeux, qu'elle n'avait pas cessé de tenir attachés
sur mon front et sur mes bras affaissés, « quand même on nous
eût méprisés, nous serions toujours venus. »

« — Pauvre Graziella, répondis-je en souriant, Dieu me
garde du jour où j'aurai honte de ceux qui m'aiment ! »

Elle s'assit sur une chaise au pied de mon lit, et nous cau-
sâmes un peu.

Le son de sa voix, la sérénité de ses yeux, l'abandon confiant
et calme de son attitude, la naïveté de sa physionomie, l'accent
à la fois saccadé et plaintif de ces femmes des îles, la mémoire
enfin des belles journées de la cabane passées au soleil avec
elle ; ces soleils de Procida qui me semblaient encore ruisseler
de son front, de son corps et de ses pieds dans ma chambre
morne ; tout cela, pendant que je la regardais et que je
l'écoutais, m'enlevait tellement à ma langueur et à ma
souffrance, que je me crus subitement guéri. Il me semblait
qu'aussitôt qu'elle serait sortie j'allais me lever et marcher.
Cependant je me sentais si bien par sa présence que je
prolongeais la conversation tant que je pouvais, et que je la
retenais sous mille prétextes, de peur qu'elle ne s'en allât trop
vite en emportant le bien-être que je ressentais.

Elle me servit une partie du jour sans crainte, sans réserve
affectée, sans fausse pudeur, comme une sœur qui sert son
frère, sans penser qu'il est un homme. Elle alla m'acheter des
oranges. Elle en mordait l'écorce avec ses belles dents pour
en enlever la peau et pour en faire jaillir le jus dans mon verre
en les pressant avec ses doigts. Elle détacha de son cou une
petite médaille d'argent qui pendait par un cordon noir et se
cachait dans sa poitrine. Elle l'attacha avec une épingle au
rideau blanc de mon lit. Elle m'assura que je serais bientôt
guéri par la vertu de la sainte image. Puis, le jour commençant
à baisser, elle me quitta, non sans revenir vingt fois de la
porte à mon lit pour s'informer de ce que je pourrais désirer
encore et pour me faire des recommandations plus vives de
prier bien dévotement l'image avant de m'endormir.

Soit vertu de l'image et des prières qu'elle lui fit sans
doute elle-même, soit influence calmante de cette apparition
de tendresse et d'intérêt que j'avais eue sous les traits de
Graziella, soit que la distraction charmante que sa présence
et son entretien m'avaient donnée eût caressé et apaisé l'aga-
cement maladif de tout mon être, à peine fut-elle sortie que
je m'endormis d'un sommeil tranquille et profond.

Le lendemain, à mon réveil, en apercevant les écorces d'oranges qui jonchaient le plancher de ma chambre, la chaise de Graziella tournée encore vers mon lit, comme si elle l'avait laissée et comme si elle allait s'y rasseoir encore ; la petite médaille pendue à mon rideau par le collier de soie noire, et toutes ces traces de cette présence et de ces soins de femme qui me manquaient depuis si longtemps, il me sembla, d'abord mal éveillé, que ma mère ou une de mes sœurs était entrée le soir dans ma chambre. Ce ne fut qu'en ouvrant tout à fait les yeux et en rappelant mes pensées une à une que la figure de Graziella m'apparut telle que je l'avais vue la veille.

Le soleil était si pur, le repos avait si bien fortifié mes membres, la solitude de ma chambre me pesait tant sur le cœur, le besoin d'entendre de nouveau le son d'une voix connue me pressait si fort, que je me levai aussitôt, tout faible et tout chancelant que j'étais ; je mangeai le reste des oranges ; je montai dans un *corricolo* de place et je me fis conduire instinctivement du côté de la Margellina.

Arrivé près de la petite maison basse d'Andréa, je montai l'escalier qui menait à la plate-forme au-dessus de la cave, et sur laquelle s'ouvraient les chambres de la famille. Je trouvai sur l'*astrico* Graziella, la grand'mère, le vieux pêcheur, Beppino et les enfants. Ils se disposaient à sortir au même moment, dans leurs plus beaux habits, pour venir me voir. Chacun d'eux portait, dans un panier ou dans un mouchoir, ou à la main, un présent de ce que ces pauvres gens avaient imaginé devoir être plus agréable ou plus salutaire à un malade : celui-ci une fiasque de vin blanc doré d'Ischia, fermée, en guise de liège, par un bouchon de romarin et d'herbes aromatiques qui parfument le vase ; celle-là des figues sèches, celle-ci des nèfles, les petits enfants des oranges. Le cœur de Graziella avait passé dans tous les membres de la famille.

Ils jetèrent un cri de surprise en me voyant apparaître encore pâle et faible, mais debout et souriant devant eux Graziella laissa rouler de joie à terre les oranges qu'elle tenait dans son tablier, et, se frappant les mains l'une contre l'autre, elle courut à moi : « Je vous l'avais bien dit, s'écria-t-elle, que l'image vous guérirait si elle couchait seulement une nuit sur votre lit. Vous avais-je trompé ? » Je voulus lui rendre l'image, et je la pris dans mon sein, où je l'avais mise en sortant. « Baisez-la avant », me dit-elle. Je la baisai, et un peu aussi le bout de ses doigts, qu'elle avait tendus pour me la reprendre. « Je vous la rendrai si vous retombez malade, » ajouta-t-elle en la remettant à son cou et en la glissant dans son sein ; « elle servira à deux. »

Nous nous assîmes sur la terrasse, au soleil du matin. Ils avaient tous l'air aussi joyeux que s'ils eussent recouvré un frère ou un enfant de retour après un long voyage. Le temps, qui est nécessaire à la formation des amitiés intimes dans les hautes classes, ne l'est pas dans les classes inférieures. Les cœurs s'ouvrent sans défiance, ils se soudent tout de suite, parce qu'il n'y a pas d'intérêt soupçonné sous les sentiments. Il se forme plus de liaison et de parenté d'âme en huit jours parmi les hommes de la nature qu'en dix ans parmi les hommes de la société. Cette famille et moi nous étions déjà parents.

Nous nous informâmes réciproquement de ce qui nous était survenu de bien ou de mal depuis que nous nous étions séparés. La pauvre maison était en veine de bonheur. La barque était bénie. Les filets étaient heureux. La pêche n'avait jamais autant rendu. La grand'mère ne suffisait pas au soin de vendre les poissons au peuple devant sa porte ; Beppino, fier et fort, valait un marin de vingt ans, quoiqu'il n'en eût que douze. Graziella enfin apprenait un état bien au-dessus de l'humble profession de sa famille. Son salaire, déjà haut pour le travail d'une jeune fille, et qui monterait davantage encore avec son talent, suffirait pour habiller et nourrir ses petits frères, et pour lui faire une dot à elle-même quand elle serait en âge et en idée de faire l'amour.

C'étaient les expressions de ses parents. Elle était *corailleuse*, c'est-à-dire elle apprenait à travailler le corail. Le commerce et la manufacture du corail formaient alors la principale richesse de l'industrie des villes de la côte d'Italie. Un des oncles de Graziella, frère de la mère qu'elle avait perdue, était contremaître dans la principale fabrique de corail de Naples. Riche pour son état, et dirigeant de nombreux ouvriers des deux sexes, qui ne pouvaient suffire aux demandes de cet objet de luxe par toute l'Europe, il avait pensé à sa nièce, et il était venu peu de jours avant l'enrôler parmi ses ouvrières. Il lui avait apporté le corail, les outils, et lui avait donné les premières leçons de son art très simple. Les autres ouvrières travaillaient en commun à la manufacture.

Graziella, dans l'absence continuelle et forcée de sa grand'-mère et du pêcheur étant la gardienne unique des enfants, exerçait son métier à la maison. Son oncle, qui ne pouvait pas s'absenter souvent, envoyait depuis quelque temps à la jeune fille son fils aîné, cousin de Graziella, jeune homme de vingt ans, sage, modeste, rangé, ouvrier d'élite, mais simple d'esprit, rachitique et un peu contrefait dans sa taille. Il venait le soir, après la fermeture de la fabrique, examiner le travail de sa cousine, la perfectionner dans le maniement des outils et lui donner aussi les premières leçons de lecture d'écriture et de calcul. « Espérons », me dit tout bas la grand-mère pendant que Graziella détournait les yeux, « que cela tournera au profit des deux, et que le maître deviendra le serviteur de sa fiancée. » Je vis qu'il y avait une pensée d'orgueil et d'ambition pour sa petite-fille dans l'esprit de la vieille femme. Mais Graziella ne s'en doutait pas.

La jeune fille me mena par la main dans sa chambre, pour me faire admirer les petits ouvrages de corail qu'elle avait déjà tournés et polis. Ils étaient proprement rangés sur du coton dans de petits cartons sur le pied de son lit. Elle voulut en façonner un morceau devant moi. Je faisais tourner la roue du petit tour avec le bout de mon pied, en face d'elle, pendant qu'elle présentait la branche rouge de corail à la scie circulaire qui la coupait en grinçant. Elle arrondissait ensuite ces morceaux, en les tenant du bout des doigts, et en les usant contre la meule.

La poussière rose couvrait ses mains, et, volant quelquefois jusqu'à son visage, saupoudrait ses joues et ses lèvres d'un léger fard, qui faisait paraître ses yeux plus bleus et plus resplendissants. Puis elle s'essuya en riant et secoua ses cheveux noirs, dont la poussière me couvrit à mon tour. « N'est-ce pas, dit-elle, que c'est un bel état pour une fille de la mer comme moi ? Nous lui devons tout, à la mer : depuis la barque de mon grand-père et le pain que nous mangeons jusqu'à ces colliers et à ces pendants d'oreilles dont je me parerai peut-être un jour, quand j'en aurai tant poli et tant façonné pour de plus riches et de plus belles que moi. »

La matinée se passa ainsi à causer, à folâtrer, à travailler, sans que l'idée me vînt de m'en aller. Je partageai, à midi, le repas de la famille. Le soleil, le grand air, le contentement d'esprit, la frugalité de la table, qui ne portait que du pain, un peu de poisson frit et des fruits conservés dans la cave, m'avaient rendu l'appétit et les forces. J'aidai le père, après midi, à raccommoder les mailles d'un vieux filet étendu sur l'*astrico*.

Graziella, dont nous entendions le pied cadencé faisant tourner la meule, le bruit du rouet de la grand'mère et les voix des enfants qui jouaient avec les oranges sur le seuil de la maison, accompagnaient mélodieusement notre travail. Graziella sortait de temps en temps pour secouer ses cheveux sur le balcon, nous échangions un regard, un mot amical, un sourire. Je me sentais heureux, sans savoir de quoi, jusqu'au fond de l'âme. J'aurais voulu être une des plantes d'aloès enracinées dans les clôtures du jardin, ou un des lézards qui se chauffaient au soleil auprès de nous sur la terrasse et qui habitaient avec cette pauvre famille les fentes du mur de la maison.

Mais mon âme et mon visage s'assombrissaient à mesure que baissait le jour. Je devenais triste en pensant qu'il fallait regagner ma chambre de voyageur. Graziella s'en aperçut la

première. Elle alla dire quelques mots tout bas à l'oreille de sa
grand'mère.

« Pourquoi nous quitter ainsi ? dit la vieille femme, comme
si elle eût parlé à un de ses enfants. N'étions-nous pas bien
ensemble à Procida ? Ne sommes-nous pas les mêmes à
Naples ? Vous avez l'air d'un oiseau qui a perdu sa mère et
qui rôde en criant autour de tous les nids. Venez habiter le
nôtre, si vous le trouvez assez bon pour un *monsieur* comme
vous. La maison n'a que trois chambres, mais Beppino couche
dans la barque. Celle des enfants suffira bien à Graziella,
pourvu qu'elle puisse travailler le jour dans celle où vous
dormirez. Prenez la sienne, et attendez ici le retour de votre
ami. Car un jeune homme bon et triste comme vous, seul
dans les rues de Naples, cela fait de la peine à penser. »

Le pêcheur, Beppino, les petits enfants même, qui aimaient
déjà l'étranger, se réjouirent de l'idée de la bonne femme. Ils
insistèrent vivement, et tous ensemble, pour me faire accepter
son offre. Graziella ne dit rien, mais elle attendait, avec une
anxiété visible, voilée par une distraction feinte, ma réponse
aux insistances de ses parents. Elle frappait du pied, par un
mouvement convulsif et involontaire, à toutes les raisons de
discrétion que je donnais pour ne pas accepter.

Je levai à la fin les yeux sur elle. Je vis qu'elle avait le
blanc des yeux plus humide et plus brillant qu'à l'ordinaire,
et qu'elle froissait entre ses doigts et brisait une à une les
branches d'une plante de basilic qui végétait dans un pot de
terre sur le balcon. Je compris ce geste mieux que de longs
discours. J'acceptai la communauté de vie qu'on m'offrait.
Graziella battit des mains et sauta de joie en courant, sans
se retourner, dans sa chambre, comme si elle eût voulu me
prendre au mot, sans me laisser le temps de me rétracter.

Graziella appela Beppino. En un instant, son frère et elle
emportèrent, dans la chambre des enfants, son lit, ses pauvres
meubles, son petit miroir entouré de bois peint, la lampe de
cuivre, les deux ou trois images de la Vierge qui pendaient
aux murs attachées par des épingles, la table et le petit tour
où elle travaillait le corail. Ils puisèrent de l'eau dans le puits,
en répandirent avec la paume de la main sur le plancher,
balayèrent avec soin la poudre de corail sur la muraille et
sur les dalles ; ils placèrent sur l'appui de la fenêtre les deux
pots les plus verts et les plus odorants de baume et de réséda
qu'ils purent trouver sur l'*astrico*. Ils n'auraient pas préparé
et poli avec plus de soin la chambre des noces si Beppo eût dû
amener le soir sa fiancée dans la maison de son père. Je les
aidais en riant à ce badinage.

Quand tout fut prêt, j'emmenai Beppino et le pêcheur avec
moi pour acheter et rapporter le peu de meubles qui m'étaient

nécessaires. J'achetai un petit lit de fer complet, une table de bois blanc, deux chaises de jonc, une petite brasière en cuivre où l'on brûle, les soirs d'hiver, pour se chauffer, les noyaux enflammés d'olives ; ma malle, que j'envoyai prendre dans ma cellule, contenait tout le reste. Je ne voulais pas perdre une nuit de cette vie heureuse qui me rendait comme une famille. Le soir même, je couchai dans mon nouveau logement. Je ne me réveillai qu'au cri joyeux des hirondelles, qui entraient dans ma chambre par une vitre cassée de la fenêtre, et à la voix de Graziella, qui chantait dans la chambre à côté en accompagnant son chant du mouvement cadencé de son tour.

... Je vécus ainsi pendant les derniers mois de l'automne et pendant les premiers mois de l'hiver. L'éclat et la sérénité de ces mois de Naples les font confondre avec ceux qui les ont précédés. Rien ne troublait la monotone tranquillité de notre vie. Le vieillard et son petit-fils ne s'aventuraient plus en pleine mer à cause des coups de vent fréquents de cette saison. Ils continuaient à pêcher le long de la côte, et leur poisson vendu sur la *marine* par la mère fournissait amplement à leur vie sans besoin.

Graziella se perfectionnait dans son art ; elle grandissait et embellissait encore dans la vie plus douce et plus sédentaire qu'elle menait depuis qu'elle travaillait au corail. Son salaire, que son oncle lui apportait le dimanche, lui permettait non seulement de tenir ses petits frères plus propres et mieux vêtus et de les envoyer à l'école, mais encore de donner à sa grand'mère et de se donner à elle-même quelques parties de costumes plus riches et plus élégants, particuliers aux femmes de leur île : des mouchoirs de soie rouge pour pendre derrière la tête en long triangle sur les épaules ; des souliers sans talon, qui n'emboîtent que les doigts du pied, brodés de paillettes d'argent ; des soubrevestes de soie rayée de noir et de vert : ces vestes galonnées sur les coutures flottent ouvertes sur les hanches, elles laissent apercevoir par devant la finesse de la taille et les contours du cou orné de colliers ; enfin de larges boucles d'oreilles ciselées où les fils d'or s'entrelacent avec de la poussière de perles. Les plus pauvres femmes des îles grecques portent ces parures et ces ornements. Aucune détresse ne les forcerait à s'en défaire. Dans les climats où le sentiment de la beauté est plus vif que sous notre ciel et où la vie n'est que l'amour, la parure n'est pas un luxe aux yeux de la femme : elle est sa première et presque sa seule nécessité.

---

1. *Soubreveste*, de l'italien *sopravesta*, sorte de vêtement court et sans manches, appelé encore *boléro*. On a donné aussi ce nom au justaucorps porté par les mousquetaires.

Quand, le dimanche ou les jours de fête, Graziella ainsi
vêtue sortait de sa chambre sur la terrasse, avec quelques
fleurs de grenades rouges ou de lauriers-roses sur le côté de la
tête dans ses cheveux noirs ; quand, en écoutant le son des
cloches de la chapelle voisine, elle passait et repassait devant
ma fenêtre comme un paon qui se moire au soleil sur le toit ;
quand elle traînait languissamment ses pieds emprisonnés
dans ses babouches émaillées en les regardant, et puis qu'elle
relevait sa tête avec un ondoiement habituel du cou pour
faire flotter le mouchoir de soie et ses cheveux sur ses épaules ;
quand elle s'apercevait que je la regardais, elle rougissait un
peu, comme si elle eût été honteuse d'être si belle ; il y avait
des moments où le nouvel éclat de sa beauté me frappait
tellement que je croyais la voir pour la première fois, et que
ma familiarité ordinaire avec elle se changeait en une sorte
de timidité et d'éblouissement.

Mais elle cherchait si peu à éblouir, et son instinct naturel
de parure était si exempt de tout orgueil et de toute coquetterie, qu'aussitôt après les saintes cérémonies, elle se hâtait
de se dépouiller de ses riches parures et de revêtir la simple
veste de gros drap vert, la robe d'indienne rayée de rouge et
de noir, et de remettre à ses pieds les pantoufles au talon de
bois blanc, qui résonnaient tout le jour sur la terrasse comme
les babouches retentissantes des femmes esclaves de l'Orient.

Quand ses jeunes amies ne venaient pas la chercher ou que
son cousin ne l'accompagnait pas à l'église, c'était souvent
moi qui la conduisais et qui l'attendais, assis sur les marches
du péristyle. A sa sortie, j'entendais avec une sorte d'orgueil
personnel, comme si elle eût été ma sœur ou ma fiancée, les
murmures d'admiration que sa gracieuse figure excitait parmi
ses compagnes et parmi les jeunes marins des quais de la
Margellina. Mais elle n'entendait rien, et, ne voyant que moi
dans la foule, me souriait du haut de la première marche,
faisait son dernier signe de croix avec ses doigts trempés
d'eau bénite et descendait modestement, les yeux baissés, les
degrés au bas desquels je l'attendais.

C'est ainsi que, les jours de fête, je la menais le matin et
le soir aux églises, seul et pieux divertissement qu'elle connût
et qu'elle aimât. J'avais soin, ces jours-là, de rapprocher le
plus possible mon costume de celui des jeunes marins de l'île,
afin que ma présence n'étonnât personne et qu'on me prît
pour le frère ou pour un parent de la jeune fille que j'accom-
pagnais.

Les autres jours elle ne sortait pas. Quant à moi, j'avais
repris peu à peu ma vie d'étude et mes habitudes solitaires,
distraites seulement par la douce amitié de Graziella et par
mon adoption dans sa famille. Je lisais les historiens, les

poètes de toutes les langues. J'écrivais quelquefois ; j'essayais,
tantôt en italien, tantôt en français, d'épancher en prose ou
en vers ces premiers bouillonnements de l'âme, qui semblent
peser sur le cœur jusqu'à ce que la parole les ait soulagés en
les exprimant.

... Quelquefois Graziella, me voyant plus longtemps enfermé
et plus silencieux qu'à l'ordinaire, entrait furtivement dans
ma chambre pour m'arracher à mes lectures obstinées ou à
mes occupations. Elle s'avançait sans bruit derrière ma chaise,
elle se levait sur la pointe des pieds pour regarder par-dessus
mes épaules, sans le comprendre, ce que je lisais ou ce que
j'écrivais ; puis, par un mouvement subit, elle m'enlevait le
livre ou m'arrachait la plume des doigts en se sauvant. Je la
poursuivais sur la terrasse, je me fâchais un peu : elle riait. Je
lui pardonnais ; mais elle me grondait sérieusement, comme
aurait pu faire une mère.

« Qu'est-ce que dit donc si longtemps aujourd'hui à vos
yeux ce livre ? murmurait-elle avec une impatience moitié
sérieuse, moitié badine. Est-ce que ces lignes noires sur ce
vilain vieux papier n'auront jamais fini de vous parler ?
Est-ce que vous ne savez pas assez d'histoires pour nous en
raconter tous les dimanches et tous les soirs de l'année, comme
celle qui m'a tant fait pleurer à Procida ? Et à qui écrivez-
vous toute la nuit ces longues lettres que vous jetez le matin
au vent de mer ? Ne voyez-vous pas que vous vous faites mal
et que vous êtes tout pâle et tout distrait quand vous avez
écrit ou lu si longtemps ? Est-ce qu'il n'est pas plus doux de
parler avec moi, qui vous regarde, que de parler des jours
entiers avec ces mots ou avec ces ombres qui ne vous écoutent
pas ? Dieu ! que n'ai-je autant d'esprit que ces feuilles de
papier ! Je vous parlerais tout le jour, je vous dirais tout ce
que vous me demanderiez, moi, et vous n'auriez pas besoin
d'user ainsi vos yeux et de brûler toute l'huile de votre lampe. »
Alors elle me cachait mon livre et mes plumes. Elle m'apportait
ma veste et mon bonnet de marin. Elle me forçait de sortir
pour me distraire.

Je lui obéissais en murmurant, mais en l'aimant.

CHAPITRE QUATRIÈME

J'allais faire de longues courses à travers la ville, sur les
quais, dans la campagne ; mais ces courses solitaires n'étaient
pas tristes comme les premiers jours de mon retour à Naples.
Je jouissais seul, mais je jouissais délicieusement des spectacles
de la ville, de la côte, du ciel et des eaux. Le sentiment momen-
tané de mon isolement ne m'accablait plus ; il me recueillait
en moi-même et concentrait les forces de mon cœur et de ma

pensée. Je savais que des yeux et des pensées amies me suivaient dans cette foule ou dans ces déserts, et qu'au retour j'étais attendu par des cœurs pleins de moi.

... Depuis trois mois que j'étais de la famille, que j'habitais le même toit, que je faisais, pour ainsi dire, partie de sa pensée, Graziella s'était si bien habituée à me regarder comme inséparable de son cœur, qu'elle ne s'apercevait peut-être pas elle-même de toute la place que j'y tenais. Elle n'avait avec moi aucune de ces craintes, de ces réserves, qui s'interposent dans les relations d'une jeune fille et d'un jeune homme et qui souvent font naître l'amour des précautions mêmes que l'on prend pour s'en préserver. Elle ne se doutait pas et je me doutais à peine moi-même que ses pures grâces d'enfant, écloses maintenant à quelques soleils de plus, dans tout l'éclat d'une maturité précoce, faisaient de sa beauté naïve une puissance pour elle, une admiration pour tous et un danger pour moi. Elle ne prenait aucun souci de la cacher ou de la parer à mes yeux. Elle n'y pensait pas plus qu'une sœur ne pense si elle est belle ou laide aux yeux de son frère. Elle ne mettait pas une fleur de plus ou de moins pour moi dans ses cheveux. Elle n'en chaussait pas plus souvent ses pieds nus quand elle habillait le matin ses petits frères sur la terrasse au soleil, ou qu'elle aidait sa grand'mère à balayer les feuilles sèches tombées la nuit sur le toit. Elle entrait à toute heure dans ma chambre, toujours ouverte, et s'asseyait aussi innocemment que Beppino sur la chaise au pied de mon lit

Je passais moi-même, les jours de pluie, des heures entières seul avec elle dans la chambre à côté, où elle dormait avec les petits enfants, et où elle travaillait le corail. Je l'aidais, en causant et en jouant, à son métier qu'elle m'apprenait. Moins adroit mais plus fort qu'elle, je réussissais mieux à dégrossir les morceaux. Nous faisions ainsi double ouvrage, et dans un jour elle en gagnait deux.

Le soir, au contraire, quand les enfants et la famille étaient couchés, c'était elle qui devenait l'écolière et moi le maître. Je lui apprenais à lire et à écrire en lui faisant épeler les lettres sur mes livres et en lui tenant la main pour lui enseigner à les tracer. Son cousin ne pouvant pas venir tous les jours c'était moi qui le remplaçais. Soit que ce jeune homme, contrefait et boiteux, n'inspirât pas à sa cousine assez d'attrait et de respect, malgré sa douceur, sa patience et la gravité de ses manières ; soit qu'elle eût elle-même trop de distractions pendant ses leçons, elle faisait beaucoup moins de progrès avec lui qu'avec moi. La moitié de la soirée d'étude se passait à badiner, à rire, à contrefaire le pédagogue. Le pauvre jeune homme était trop épris de son élève et trop timide devant elle pour la gronder. Il faisait tout ce qu'elle voulait pour que les beaux sourcils de la jeune fille ne prissent pas un pli d'humeur et pour que ses lèvres ne lui fissent pas leur petite moue. Souvent l'heure consacrée à lire se passait pour lui à éplucher des grains de corail, à dévider des écheveaux de laine sur le bois de la quenouille de la grand'mère, ou à raccommoder des mailles au filet de Beppo. Tout lui était bon, pourvu qu'au départ Graziella lui sourît avec complaisance et lui dît *addio* d'un son de voix qui voulût dire : A revoir !

Quand c'était avec moi, au contraire, la leçon était sérieuse. Elle se prolongeait souvent jusqu'à ce que nos yeux fussent lourds de sommeil. On voyait, à sa tête penchée, à son cou tendu, à l'immobilité attentive de son attitude et de sa physionomie, que la pauvre enfant faisait tous ses efforts pour réussir. Elle appuyait son coude sur mon épaule pour lire dans le livre où mon doigt traçait la ligne et lui indiquait le mot à prononcer. Quand elle écrivait, je tenais ses doigts dans ma main pour guider à demi sa plume.

Si elle faisait une faute, je la grondais d'un air sévère et fâché ; elle ne répondait pas et ne s'impatientait que contre elle-même. Je la voyais quelquefois prête à pleurer ; j'adoucissais alors la voix et je l'encourageais à recommencer. Si elle avait bien lu et bien écrit, au contraire, on voyait qu'elle cherchait d'elle-même sa récompense dans mon applaudissement. Elle se retournait vers moi en rougissant et avec des rayons de joie orgueilleuse sur le front et dans les yeux, plus fière du plaisir qu'elle me donnait que du petit triomphe de son succès.

Je la récompensais en lui lisant quelques pages de *Paul et Virginie*, qu'elle préférait à tout ; ou quelques belles strophes du Tasse, quand il décrit la vie champêtre des bergers chez lesquels Herminie habite, ou qu'il chante les plaintes ou le désespoir des deux amants [1]. La musique de ces vers la faisait pleurer et rêver longtemps encore après que j'avais cessé de lire. La poésie n'a pas d'écho plus sonore et plus prolongé que le cœur de la jeunesse où l'amour va naître. Elle est comme le pressentiment de toutes les passions. Plus tard, elle en est comme le souvenir et le deuil. Elle fait pleurer ainsi aux deux époques extrêmes de la vie : jeunes, d'espérances, et vieux, de regrets.

Cecco, c'était le nom du cousin de Graziella, continuait à venir plus assidûment de jour en jour passer les soirs d'hiver dans la famille du *marinaro*. Bien que la jeune fille ne lui donnât aucune marque de préférence et qu'il fût même l'objet habituel de ses badinages et un peu le jouet de sa cousine, il était si doux, si patient et si humble devant elle, qu'elle ne

---

1. Le célèbre épisode d'Herminie chez les bergers se trouve au chant septième de la *Jérusalem délivrée*, du Tasse.

pouvait s'empêcher d'être touchée de ses complaisances et de lui sourire quelquefois avec bonté. C'était assez pour lui. Il était de cette nature de cœurs faibles, mais aimants, qui, se sentant déshérités par la nature des qualités qui font qu'on est aimé, se contentent d'aimer sans retour, et qui se dévouent comme des esclaves volontaires au service, sinon au bonheur de la femme à laquelle ils assujettissent leur cœur. Ce ne sont pas les plus nobles, mais ce sont les plus touchantes natures d'attachement. On les plaint, mais on les admire. Aimer pour être aimé, c'est de l'homme ; mais aimer pour aimer, c'est presque de l'ange.

Sous les traits les plus disgracieux, il y avait quelque chose d'angélique dans l'amour du pauvre Cecco. Aussi, bien loin d'être humilié ou jaloux des familiarités et des préférences dont j'étais à ses yeux l'objet de la part de Graziella, il m'aimait parce qu'elle m'aimait. Dans l'affection de sa cousine il ne demandait pas la première place ou la place unique, mais la seconde ou la dernière : tout lui suffisait. Pour lui plaire un moment, pour en obtenir un regard de complaisance, un geste, un mot gracieux, il serait venu me chercher au fond de la France et me ramener à celle qui me préférait à lui. Je crois même qu'il m'eût haï si j'avais fait de la peine à sa cousine.

Son orgueil était en elle comme son amour. Peut-être aussi, froid à l'intérieur, réfléchi, sensé et méthodique, tel que Dieu et son infirmité l'avaient fait, calculait-il instinctivement que mon empire sur les penchants de sa cousine ne serait pas éternel ; qu'une circonstance quelconque, mais inévitable, nous séparerait ; que j'étais étranger, d'un pays lointain, d'une condition et d'une fortune évidemment incompatibles avec celles de la fille d'un marinier de Procida ; qu'un jour ou l'autre l'intimité entre sa cousine et moi se romprait comme elle s'était formée : qu'elle lui resterait alors seule, abandonnée, désolée ; que ce désespoir même fléchirait son cœur et le lui donnerait brisé, mais tout entier. Ce rôle de consolateur et d'ami était le seul auquel il pût prétendre. Mais son père avait une autre pensée pour lui.

Le père, connaissant l'attachement de Cecco pour sa nièce, venait la voir de temps en temps. Touché de sa beauté, de sa sagesse, émerveillé des progrès rapides qu'elle faisait dans la pratique de son art, dans la lecture et dans l'écriture ; pensant d'ailleurs que les disgrâces de la nature ne permettraient pas à Cecco d'aspirer à d'autres tendresses qu'à des tendresses de convenance et de famille, il avait résolu de marier son fils à sa nièce. Sa fortune faite, et assez considérable pour un ouvrier, lui permettait de regarder sa demande comme une faveur à laquelle Andréa, sa femme et la jeune fille ne penseraient même pas à résister. Soit qu'il eût parlé de son projet à

Cecco, soit qu'il eût caché sa pensée pour lui faire une surprise de son bonheur, il résolut de s'expliquer.

La veille de Noël, je rentrai plus tard que de coutume pour prendre ma place au souper de famille. Je m'aperçus de quelque froideur et de quelque trouble dans la physionomie évidemment contrainte d'Andréa et de sa femme. Levant les yeux sur Graziella, je vis qu'elle avait pleuré. La sérénité et la gaieté étaient si habituelles sur son visage que cette expression inaccoutumée de tristesse la couvrait comme d'un voile matériel. On eût dit que l'ombre de ses pensées et de son cœur s'était répandue sur ses traits. Je restai pétrifié et muet, n'osant interroger ces pauvres gens ni parler à Graziella, de peur que le seul son de ma voix ne fît éclater son cœur qu'elle paraissait à peine contenir.

Contre son habitude, elle ne me regardait pas. Elle portait d'une main distraite les morceaux de pain à sa bouche et faisait semblant de manger par contenance ; mais elle ne pouvait pas. Elle jetait le pain sous la table. Avant la fin du repas taciturne, elle prit le prétexte de mener coucher les enfants ; elle les entraîna dans leur chambre ; elle s'y renferma sans dire adieu ni à ses parents ni à moi, et nous laissa seuls.

Quand elle fut sortie, je demandai au père et à la mère quelle était la cause du sérieux de leurs pensées et de la tristesse de leur enfant. Alors ils me racontèrent que le père de Cecco était venu dans la journée à la maison ; qu'il avait demandé leur petite-fille en mariage pour son fils ; que c'était un bien grand bonheur et une haute fortune pour la famille ; que Cecco aurait du bien ; que Graziella, qui était si bonne, prendrait avec elle et élèverait ses deux petits frères comme ses propres enfants ; que leurs vieux jours à eux-mêmes seraient ainsi assurés contre la misère ; qu'ils avaient consenti avec reconnaissance à ce mariage ; qu'ils en avaient parlé à Graziella ; qu'elle n'avait rien répondu, par timidité et par modestie de jeune fille ; que son silence et ses larmes étaient l'effet de sa surprise et de son émotion, mais que cela passerait comme une mouche sur une fleur ; enfin qu'entre le père de Cecco et eux il avait été convenu qu'on ferait les fiançailles après les fêtes de Noël.

Ils parlaient encore que depuis longtemps je n'entendais déjà plus. Je ne m'étais jamais rendu compte à moi-même de l'attachement que j'avais pour Graziella. Je ne savais pas comment je l'aimais ; si c'était de l'intimité pure, de l'amitié, de l'amour, de l'habitude ou de tous ces sentiments réunis que se composait mon inclination pour elle. Mais l'idée de voir ainsi soudainement changées toutes ces douces relations de vie et de cœur qui s'étaient établies et comme cimentées à notre insu entre elle et moi ; la pensée qu'on allait me la prendre pour la donner tout à coup à un autre ; que, de ma compagne et de ma sœur qu'elle était à présent, elle allait me devenir étrangère et indifférente ; qu'elle ne serait plus là ; que je ne la verrais plus à toute heure, que je n'entendrais plus sa voix m'appeler ; que je ne lirais plus dans ses yeux ce rayon toujours levé sur moi de lumière caressante et de tendresse, qui m'éclairait doucement le cœur et qui me rappelait ma mère et mes sœurs ; le vide et la nuit profonde que je me figurais tout à coup autour de moi, là, le lendemain du jour où son mari l'aurait emmenée dans une autre maison ; cette chambre où elle ne dormirait plus ; la mienne où elle n'entrerait plus ; cette table où je ne la verrais plus assise ; cette terrasse où je n'entendrais plus le bruit de ses pieds nus ou de sa voix le matin à mon réveil ; ces églises où je ne la conduirais plus les dimanches ; cette barque où sa place resterait vide, et où je ne causerais plus qu'avec le vent et les flots ; les images pressées de toutes ces douces habitudes de notre vie passée, qui me remontaient à la fois dans la pensée et qui s'évanouissaient tout à coup pour me laisser comme dans un abîme de solitude et de néant ; tout cela me fit sentir pour la première fois ce qu'était pour moi la société de cette jeune fille et me montra trop qu'amour ou amitié, le sentiment qui m'attachait à elle était plus fort que je ne le croyais, et que le charme, inconnu à moi-même, de ma vie sauvage à Naples ce n'était ni la mer, ni la barque, ni l'humble chambre dans la maison, ni le pêcheur, ni sa femme, ni Beppo, ni les enfants, c'était un seul être, et que, cet être disparu de la maison, tout disparaissait à la fois. Elle de moins dans ma vie présente, et il n'y avait plus rien. Je le sentis : ce sentiment confus jusquelà, et que je ne m'étais jamais confessé, me frappa d'un tel coup que tout mon cœur en tressaillit, et que j'éprouvai quelque chose de l'infini de l'amour par l'infini de la tristesse dans laquelle mon cœur se sentit tout à coup submergé.

Je rentrai en silence dans ma chambre. Je me jetai tout habillé sur mon lit. J'essayai de lire, d'écrire, de penser, de me distraire par quelque travail d'esprit pénible et capable de dominer mon agitation. Tout fut inutile. L'agitation intérieure était si forte que je ne pus avoir deux pensées et que l'accablement même de mes forces ne put pas amener le sommeil. Jamais l'image de Graziella ne m'avait apparu jusque-là aussi ravissante et aussi obstinée devant les yeux. J'en jouissais comme de quelque chose qu'on voit tous les jours et dont on ne sent la douceur qu'en la perdant. Sa beauté même n'était rien pour moi jusqu'à ce jour ; je confondais l'impression que j'en ressentais avec l'effet de l'amitié que j'éprouvais pour elle et de celle que sa physionomie exprimait pour moi. Je ne savais pas qu'il y eût tant d'admiration dans mon attachement ; je ne soupçonnais par la moindre passion dans sa tendresse.

Je ne me rendis pas bien compte de tout cela, même dans les longues circonvolutions de mon cœur pendant l'insomnie de cette nuit. Tout était confus dans ma douleur comme dans mes sensations. J'étais comme un homme étourdi d'un coup soudain qui ne sait pas encore bien d'où il souffre, mais qui souffre de partout.

Je quittai mon lit avant qu'aucun bruit se fît entendre dans la maison. Je ne sais quel instinct me portait à m'éloigner pendant quelque temps, comme si ma présence eût dû troubler dans un pareil moment le sanctuaire de cette famille dont le sort s'agitait ainsi devant un étranger.

Je sortis en avertissant Beppo que je ne reviendrais pas de quelques jours. Je pris au hasard la direction que me tracèrent mes premiers pas. Je suivis les longs quais de Naples, la côte de Resina, de Portici, le pied du Vésuve. Je pris des guides à Torre del Greco ; je couchai sur une pierre à la porte de l'ermitage de San Salvatore, aux confins où la nature habitée finit et où la région du feu commence.

... En quittant Pompeia, je m'enfonçai dans les gorges boisées des montagnes de Castellamare et de Sorrente. J'y vécus quelques jours, allant d'un village à l'autre, et me faisant guider par les chevriers aux sites les plus renommés de leurs montagnes. On me prenait pour un peintre qui étudiait des points de vue, parce que j'écrivais de temps en temps quelques notes sur un petit livre de dessins que mon ami m'avait laissé. Je n'étais qu'une âme errante qui divaguait çà et là dans la campagne pour user les jours. Tout me manquait. Je me manquais à moi-même.

Je ne pus continuer plus longtemps. Quand les fêtes de Noël furent passées, et ce premier jour de l'année aussi dont les hommes ont fait une fête comme pour séduire et fléchir le temps avec des joies et des couronnes, comme un hôte sévère qu'on veut attendrir, je me hâtai de rentrer à Naples. J'y rentrai la nuit et en hésitant, partagé entre l'impatience de revoir Graziella et la terreur d'apprendre que je ne la verrais plus. Je m'arrêtai vingt fois ; je m'assis sur le rebord des barques en approchant de la Margellina.

Je rencontrai Beppo à quelques pas de la maison. Il jeta un cri de joie en me voyant, et il me sauta au cou comme un jeune frère. Il m'emmena vers sa barque et me raconta ce qui s'était passé en mon absence.

Tout était bien changé dans la maison. Graziella ne faisait plus que pleurer depuis que j'étais parti. Elle ne se mettait plus à table pour le repas. Elle ne travaillait plus au corail. Elle passait tous ses jours enfermée dans sa chambre sans

vouloir répondre quand on l'appelait, et toutes ses nuits à se
promener sur la terrasse. On disait dans le voisinage qu'elle
était folle ou qu'elle était tombée *innamorata*. Mais lui savait
bien que ce n'était pas vrai.

Tout le mal venait, disait l'enfant, de ce qu'on voulait la
fiancer à Cecco et qu'elle ne le voulait pas. Beppino avait
tout vu et tout entendu. Le père de Cecco venait tous les jours
demander une réponse à son grand-père et à sa grand'mère.
Ceux-ci ne cessaient de tourmenter Graziella pour qu'elle
donnât enfin son consentement. Elle ne voulait pas en entendre
parler ; elle disait qu'elle se sauverait plutôt à Genève. C'est
pour le peuple catholique de Naples une expression analogue
à celle-ci : « Je me ferais plutôt renégat. » C'est une menace
pire que celle du suicide : c'est le suicide éternel de l'âme.
Andréa et sa femme, qui adoraient Graziella, se désespéraient
à la fois de sa résistance et de la perte de leurs espérances
d'établissement pour elle. Ils la conjuraient par leurs cheveux
blancs ; ils lui parlaient de leur vieillesse, de leur misère, de
l'avenir des deux enfants. Alors Graziella s'attendrissait. Elle
recevait un peu mieux le pauvre Cecco, qui venait de temps
en temps s'asseoir humblement le soir à la porte de la chambre
de sa cousine et jouer avec les petits. Il lui disait bonjour et
adieu à travers la porte ; mais il était rare qu'elle lui répondît
un seul mot. Il s'en allait mécontent mais résigné, et revenait
le lendemain toujours le même. « Ma sœur a bien tort, disait
Beppino. Cecco l'aime tant et il est si bon ! Elle serait bien
heureuse ! — Enfin ce soir, ajouta-t-il, elle s'est laissé vaincre
par les prières de mon grand-père et de ma grand'mère et par
les larmes de Cecco. Elle a entr'ouvert un peu la porte ; elle
lui a tendu la main ; il a passé une bague à son doigt et elle
a promis qu'elle se laisserait fiancer demain. Mais qui sait
si demain elle n'aura pas un nouveau caprice ? Elle qui était
si douce et si gaie ! Mon Dieu ! qu'elle a changé ! Vous ne la
reconnaîtriez plus !... »

Beppino se coucha dans la barque. Instruit ainsi par lui de
ce qui s'était passé, j'entrai dans la maison.

Andréa et sa femme étaient seuls sur l'*astrico*. Ils me revirent
avec amitié et me comblèrent de reproches tendres sur mon
absence si prolongée. Ils me racontèrent leurs peines et leurs
espérances touchant Graziella. « Si vous aviez été là, me dit
Andréa, vous qu'elle aime tant et à qui elle ne dit jamais
non, vous nous auriez bien aidés. Que nous sommes contents
de vous revoir ! C'est demain que se font les fiançailles ; vous
y serez ; votre présence nous a toujours porté bonheur. »

Je sentis un frisson courir sur tout mon corps à ces paroles
de ces pauvres gens. Quelque chose me disait que leur malheur
viendrait de moi. Je brûlais et je tremblais de revoir Graziella.

J'affectai de parler haut à ses parents, de passer et de repasser devant sa porte comme quelqu'un qui ne veut pas appeler, mais qui désire être entendu. Elle resta sourde, muette, et ne parut pas. J'entrai dans ma chambre et je me couchai. Un certain calme que produit toujours dans l'âme agitée la cessation du doute et la certitude de quoi que ce soit, même du malheur, s'empara enfin de mon esprit. Je tombai sur mon lit comme un poids mort et sans mouvement. La lassitude des pensées et des membres me jeta promptement dans des rêves confus, puis dans l'anéantissement du sommeil.

Deux ou trois fois dans la nuit, je me réveillai à demi. C'était une de ces nuits d'hiver plus rares, mais plus sinistres qu'ailleurs, dans les climats chauds et au bord de la mer. Les éclairs jaillissaient sans interruption à travers les fentes de mes volets, comme les clignements d'un œil de feu sur les murs de ma chambre. Le vent hurlait comme des meutes de chiens affamés. Les coups sourds d'une lourde mer sur la grève de la Margellina faisaient retentir toute la rive, comme si on y avait jeté des blocs de rocher.

Ma porte tremblait et battait au souffle du vent. Deux ou trois fois il me sembla qu'elle s'ouvrait, qu'elle se refermait d'elle-même et que j'entendais des cris étouffés et des sanglots humains dans les sifflements et dans les plaintes de la tempête. Je crus même une fois avoir entendu résonner des paroles et prononcer mon nom par une voix en détresse qui aurait appelé au secours ! Je me levai sur mon séant ; je n'entendis plus rien : je crus que la tempête, la fièvre et les rêves m'absorbaient dans leurs illusions ; je retombai dans l'assoupissement.

Le matin, la tempête avait fait place au plus pur soleil. Je fus réveillé par des gémissements véritables et par des cris de désespoir du pauvre pêcheur et de sa femme qui se lamentaient sur le seuil de la porte de Graziella. La pauvre petite s'était enfuie pendant la nuit. Elle avait réveillé et embrassé les enfants en leur faisant signe de se taire. Elle avait laissé sur son lit tous ses plus beaux habits et ses boucles d'oreilles, ses colliers, le peu d'argent qu'elle possédait.

Le père tenait à la main un morceau de papier taché de quelques gouttes d'eau qu'on avait trouvé attaché par une épingle sur le lit. Il y avait cinq ou six lignes qu'il me priait, éperdu, de lire. Je pris le papier. Il ne contenait que ces mots écrits en tremblant dans l'accès de la fièvre, et que j'avais peine à lire : « J'ai trop promis... une voix me dit que c'est plus fort que moi... J'embrasse vos pieds, pardonnez-moi. J'aime mieux me faire religieuse. Consolez Cecco et le *Monsieur*... Je prierai Dieu pour lui et pour les petits. Donnez-leur tout ce que j'ai. Rendez la bague à Cecco... »

A la lecture de ces lignes, toute la famille fondit de nouveau en larmes. Les petits enfants, encore tout nus, entendant que leur sœur était partie pour toujours, mêlaient leurs cris aux gémissements des deux vieillards et couraient dans toute la maison en appelant Graziella !

Le billet tomba de mes mains. En voulant le ramasser, je vis à terre, sous ma porte, une fleur de grenade que j'avais admirée le dernier dimanche dans les cheveux de la jeune fille et la petite médaille de dévotion qu'elle portait toujours dans son sein et qu'elle avait attachée quelques mois avant à mon rideau pendant ma maladie. Je ne doutai plus que ma porte ne se fût en effet ouverte et refermée pendant la nuit ; que les paroles et les sanglots étouffés que j'avais cru entendre et que j'avais pris pour les plaintes du vent ne fussent les adieux et les sanglots de la pauvre enfant. Une place sèche sur le seuil extérieur de l'entrée de ma chambre, au milieu des traces de pluie qui tachaient tout le reste de la terrasse, attestait que la jeune fille s'était assise là pendant l'orage, qu'elle avait passé sa dernière heure à se plaindre et à pleurer, couchée ou agenouillée sur cette pierre. Je ramassai la fleur de grenade et la médaille et je les cachai dans mon sein.

Les pauvres gens, au milieu de leur désespoir, étaient touchés de me voir pleurer comme eux. Je fis ce que je pus pour les consoler. Il fut convenu que s'ils retrouvaient leur fille, on ne lui parlerait plus de Cecco. Cecco lui-même, que Beppo était allé chercher, fut le premier à se sacrifier à la paix de la maison et au retour de sa cousine. Tout désespéré qu'il fût, on voyait qu'il était heureux de ce que son nom était prononcé avec tendresse dans le billet, et qu'il trouvait une sorte de consolation dans les adieux mêmes qui faisaient son désespoir.

« Elle a pensé à moi pourtant, » disait-il, et il s'essuyait les yeux. Il fut à l'instant convenu entre nous que nous n'aurions pas un instant de repos avant d'avoir trouvé les traces de la fugitive.

Le père et Cecco sortirent à la hâte pour aller s'informer dans les innombrables monastères de femmes de la ville. Beppo et la grand'mère coururent chez toutes les jeunes amies de Graziella qu'ils soupçonnèrent d'avoir reçu quelques confidences de ses pensées et de sa fuite. Moi, étranger, je me chargeai de visiter les quais, les ports de Naples et les portes de la ville pour interroger les gardes, les capitaines de navire, les mariniers, et pour savoir si aucun d'eux n'avait vu une jeune Procitane sortir de la ville et s'embarquer le matin.

La matinée se passa dans de vaines recherches. Nous rentrâmes tous silencieux et mornes à la maison pour nous raconter mutuellement nos démarches et pour nous consulter de nouveau. Personne, excepté les enfants, n'eut la force de porter un morceau de pain à la bouche. Andréa et sa femme s'assirent découragés sur le seuil de la chambre de Graziella. Beppino et Cecco retournèrent errer sans espoir dans les rues et dans les églises, que l'on rouvre le soir à Naples pour les litanies et les bénédictions.

Je sortis seul après eux et je pris tristement et au hasard la route qui mène à la grotte du Pausilippe. Je franchis la grotte ; j'allai jusqu'au bord de la mer qui baigne la petite île de Nisida.

Du bord de la mer mes yeux se portèrent sur Procida, qu'on voit blanchir de là comme une écaille de tortue sur le bleu des vagues. Ma pensée se reporta naturellement sur cette île et sur ces jours de fête que j'y avais passés avec Graziella. Une inspiration m'y guidait. Je me souvins que la jeune fille avait là une amie presque de son âge, fille d'un pauvre habitant des chaumières voisines ; que cette jeune fille portait un costume particulier qui n'était pas celui de ses compagnes. Un jour que je l'interrogeais sur les motifs de cette différence dans ses habits, elle m'avait répondu qu'elle était religieuse, bien qu'elle demeurât libre chez ses parents dans une espèce d'état intermédiaire entre le cloître et la vie de famille. Elle me fit voir l'église de son monastère. Il y en avait plusieurs dans l'île, ainsi qu'à Ischia et dans les villages de la campagne de Naples.

La pensée me vint que Graziella, voulant se vouer à Dieu, serait peut-être allée se confier à cette amie et lui demander de lui ouvrir les portes de son monastère. Je ne m'étais pas donné le temps de réfléchir, et j'étais déjà marchant à grands pas sur la route de Pouzzolles, ville la plus rapprochée de Procida où l'on trouve des barques.

J'arrivai à Pouzzolles en moins d'une heure. Je courus au port ; je payai double deux rameurs pour les déterminer à me jeter à Procida malgré la mer forte et la nuit tombante. Ils mirent leur barque à flot. Je saisis une paire de rames avec eux. Nous doublâmes avec peine le cap Misène. Deux heures après j'abordais l'île et je gravissais tout seul, tout essoufflé et tout tremblant, au milieu des ténèbres et aux coups du vent d'hiver, les degrés de la longue rampe qui conduisait à la cabane d'Andréa.

« Si Graziella est dans l'île, me disais-je, elle sera venue d'abord là, par l'instinct naturel qui pousse l'oiseau vers son nid et l'enfant vers la maison de son père. Si elle n'y est plus, quelques traces me diront qu'elle y a passé. Ces traces me conduiront peut-être où elle est. Si je n'y trouve ni elle ni traces d'elle, tout est perdu : les portes de quelque sépulcre vivant se seront à jamais refermées sur sa jeunesse. »

Agité de ce doute terrible, je touchais au dernier degré. Je savais dans quelle fente de rocher la vieille mère, en partant avait caché la clef de la maison. J'écartai le lierre et j'y plongeai la main. Mes doigts y cherchaient à tâtons la clef, tout crispés de peur d'y sentir le froid du fer qui ne m'eût plus laissé d'espérance....

La clef n'y était pas. Je poussai un cri étouffé de joie et j'entrai à pas muets dans la cour. La porte, les volets étaient fermés ; une légère lueur qui s'échappait par les fentes de la fenêtre et qui flottait sur les feuilles du figuier trahissait une lampe allumée dans la demeure. Qui eût pu trouver la clef, ouvrir la porte, allumer la lampe, si ce n'était l'enfant de la maison ? Je ne doutai pas que Graziella ne fût à deux pas de moi, et je tombai à genoux sur la dernière marche de l'escalier pour remercier l'ange qui m'avait guidé jusqu'à elle.

Aucun bruit ne sortait de la maison. Je collai mon oreille au seuil, je crus entendre le faible bruit d'une respiration et comme des sanglots au fond de la seconde chambre. Je fis trembler légèrement la porte comme si elle eût été seulement ébranlée sur ses gonds par le vent, afin d'appeler peu à peu l'attention de Graziella et pour que le son soudain et inattendu d'une voix humaine ne la tuât pas en l'appelant. La respiration s'arrêta. J'appelai alors Graziella, à demi voix et avec l'accent le plus calme et le plus tendre que je pus trouver dans mon cœur. Un faible cri me répondit du fond de la maison.

J'appelai de nouveau en la conjurant d'ouvrir à son ami, à son frère qui venait seul, la nuit, à travers la tempête et guidé par son bon ange, la chercher, la découvrir, l'arracher à son désespoir, lui apporter le pardon de sa famille, le sien, et la ramener à son devoir, à son bonheur, à sa pauvre grand'-mère, à ses chers petits enfants !

« Dieu ! c'est lui ! c'est mon nom ! c'est sa voix ! » s'écria-t-elle sourdement.

Je l'appelai plus tendrement Graziellina, de ce nom de caresse que je lui donnais quelquefois quand nous badinions ensemble.

« Oh ! c'est bien lui, dit-elle. Je ne me trompe pas, mon Dieu ! c'est lui ! »

Je l'entendis se soulever sur les feuilles sèches qui bruissaient à chacun de ses mouvements, faire un pas pour venir m'ouvrir, puis retomber de faiblesse ou d'émotion sans pouvoir aller plus avant.

Je n'hésitai plus ; je donnai un coup d'épaule de toutes les forces de mon impatience et de mon inquiétude à la vieille porte, la serrure céda et se détacha sous l'effort, et je me précipitai dans la maison.

La petite lampe rallumée devant la Madone par Graziella l'éclairait d'une faible lueur. Je courus au fond de la seconde chambre où j'avais entendu sa voix et sa chute, et où je la croyais évanouie. Elle ne l'était pas. Seulement sa faiblesse avait trahi son effort ; elle était retombée sur le tas de bruyère sèche qui lui servait de lit, et joignait les mains en me regardant. Ses yeux animés par la fièvre, ouverts par l'étonnement et alanguis par l'amour, brillaient fixes comme deux étoiles dont les lueurs tombent du ciel, et qui semblent vous regarder.

Sa tête, qu'elle cherchait à relever, retombait de faiblesse sur les feuilles, renversée en arrière et comme si le cou était brisé. Elle était pâle comme l'agonie, excepté sur les pommettes des joues teintes de quelques vives roses. Sa belle peau était marbrée de taches de larmes et de la poussière qui s'y était attachée. Son vêtement noir se confondait avec la couleur brune des feuilles répandues à terre et sur lesquelles elle était couchée. Ses pieds nus, blancs comme le marbre, dépassaient de toute leur longueur le tas de fougères et reposaient sur la pierre. Des frissons couraient sur tous ses membres et faisaient claquer ses dents comme des castagnettes dans une main d'enfant. Le mouchoir rouge qui enveloppait ordinairement les longues tresses noires de ses beaux cheveux était détaché et étendu comme un demi-voile sur son front jusqu'au bord de ses yeux. On voyait qu'elle s'en était servi pour ensevelir son visage et ses larmes dans l'ombre comme dans l'immobilité anticipée d'un linceul, et qu'elle ne l'avait relevé qu'en entendant ma voix et en se plaçant sur son séant pour venir m'ouvrir.

Je me jetai à genoux à côté de la bruyère ; je pris ses deux mains glacées dans les miennes ; je les portai à mes lèvres pour les réchauffer sous mon haleine ; quelques larmes de mes yeux y tombèrent. Je compris, au serrement convulsif de ses doigts, qu'elle avait senti cette pluie du cœur et qu'elle m'en remerciait. J'ôtai ma capote de marin. Je la jetai sur ses pieds nus. Je les enveloppai dans les plis de la laine.

Elle me laissait faire en me suivant seulement des yeux avec une expression d'heureux délire, mais sans pouvoir encore s'aider elle-même d'aucun mouvement, comme un enfant qui se laisse emmailloter et retourner dans son berceau. Je jetai ensuite deux ou trois fagots de bruyère dans le foyer de la première chambre pour réchauffer un peu l'air. Je les allumai à la flamme de la lampe, et je revins m'asseoir à terre à côté du lit de feuilles.

« Que je me sens bien ! » me dit-elle en parlant tout bas, d'un ton doux, égal et monotone, comme si sa poitrine eût perdu à la fois toute vibration et tout accent et n'eût plus conservé qu'une seule note dans la voix. « J'ai voulu en vain me le cacher à moi-même, j'ai voulu en vain te le cacher toujours, à toi. Je peux mourir, mais je ne peux pas aimer un autre que toi. Ils ont voulu me donner un fiancé, c'est toi qui es le fiancé de mon âme ! Je ne me donnerai pas à un autre sur la terre, car je me suis donnée en secret à toi ! Toi sur la terre, ou Dieu dans le ciel ! c'est le vœu que j'ai fait le premier jour où j'ai compris que mon cœur était malade de toi. Je sais bien que je ne suis qu'une pauvre fille indigne de toucher seulement tes pieds par sa pensée. Aussi je ne t'ai jamais demandé de m'aimer. Je ne te demanderai jamais si tu m'aimes. Mais moi, je t'aime, je t'aime, je t'aime ! » Et elle semblait concentrer toute son âme dans ces trois mots. « Et maintenant, méprise-moi, raille-moi, foule-moi aux pieds ! Moque-toi de moi, si tu veux, comme d'une folle qui rêve qu'elle est reine dans ses haillons. Livre-moi à la risée de tout le monde ! Oui, je leur dirai moi-même : « Oui, je l'aime ! et si vous aviez « été à ma place, vous auriez fait comme moi, vous seriez « mortes ou vous l'auriez aimé ! »

Je tenais les yeux baissés, n'osant les relever sur elle, de peur que mon regard ne lui en dît trop ou trop peu pour tant de délire. Cependant je relevai, à ces mots, mon front collé sur ses mains, et je balbutiai quelques paroles.

Elle me mit le doigt sur les lèvres. « Laisse-moi tout dire : maintenant je suis contente ; je n'ai plus de doute, Dieu s'est expliqué. Écoute :

« Hier, quand je me suis sauvée de la maison après avoir passé toute la nuit à combattre et à pleurer à ta porte ; quand je suis arrivée ici à travers la tempête, j'y suis venue croyant ne plus te revoir jamais, et comme une morte qui marcherait d'elle-même à la tombe. Je devais me faire religieuse demain, aussitôt le jour venu. Quand je suis arrivée la nuit à l'île et que je suis allée frapper au monastère, il était trop tard, la porte était fermée. On a refusé de m'ouvrir. Je suis venue ici pour passer la nuit et baiser les murs de la maison de mon père avant d'entrer dans la maison de Dieu et dans le tombeau de mon cœur. J'ai écrit par un enfant à une amie de venir me chercher demain. J'ai pris la clef. J'ai allumé la lampe devant la Madone. Je me suis mise à genoux et j'ai fait un vœu, un dernier vœu, un vœu d'espérance jusque dans le désespoir. Car tu sauras, si jamais tu aimes, qu'il reste toujours une dernière lueur de feu au fond de l'âme, même quand on croit que tout est éteint. « Sainte protectrice, lui ai-je dit, envoyez-« moi un signe de ma vocation pour m'assurer que l'amour « ne me trompe pas et que je donne véritablement à Dieu « une vie qui ne doit appartenir qu'à lui seul !

« Voici ma dernière nuit commencée parmi les vivants. « Nul ne sait où je la passe. Demain peut-être on viendra me « chercher ici quand je n'y serai déjà plus. Si c'est l'amie que « j'ai envoyé avertir qui vient la première, ce sera signe que

« je dois accomplir mon dessein, et je la suivrai pour jamais
« au monastère.

« Mais si c'était lui qui parût avant elle !... lui, qui vînt,
« guidé par mon ange, me découvrir et m'arrêter au bord de
« mon autre vie !... Oh ! alors, ce sera signe que vous ne voulez
« pas de moi, et que je dois retourner avec lui pour l'aimer le
« reste de mes jours !

« Faites que ce soit lui ! ai-je ajouté. Faites ce miracle de
« plus, si c'est votre dessein et celui de Dieu ! Pour l'obtenir,
« je vous fais un don, le seul que je puisse faire, moi qui n'ai
« rien. Voici mes cheveux, mes pauvres et longs cheveux qu'il
« aime et qu'il dénoua si souvent en riant pour les voir flotter
« au vent sur mes épaules. Prenez-les, je vous les donne, je
« vais les couper moi-même pour vous prouver que je ne me
« réserve rien, et que ma tête subit d'avance le ciseau qui les
« couperait demain en me séparant du monde. »

A ces mots, elle écarta de la main gauche le mouchoir de
soie qui lui couvrait la tête, et prenant de l'autre le long éche-
veau de ses cheveux coupés et couchés à côté d'elle sur le lit
de feuilles, elle me les montra en les déroulant. « La Madone
a fait le miracle ! » reprit-elle avec une voix plus forte et avec
un accent intime de joie. « Elle t'a envoyé ! J'irai où tu vou-
dras. Mes cheveux sont à elle. Ma vie est à toi ! »

Je me précipitai sur les tresses coupées de ses beaux cheveux
noirs, qui me restèrent dans les mains comme une branche
morte détachée de l'arbre. Je les couvris de baisers muets, je
les pressai contre mon cœur, je les arrosai de larmes comme si
c'eût été une partie d'elle-même que j'ensevelissais morte dans
la terre. Puis, reportant les yeux sur elle, je vis sa charmante
tête qu'elle relevait toute dépouillée, mais comme parée et
embellie de son sacrifice, resplendir de joie et d'amour au
milieu des tronçons noirs et inégaux de ses cheveux déchirés
plutôt que coupés par les ciseaux. Elle m'apparut comme la
statue mutilée de la Jeunesse dont les mutilations même du
temps relèvent la grâce et la beauté en ajoutant l'attendrissement à l'admiration. Cette profanation d'elle-même, ce suicide
de sa beauté pour l'amour de moi, me portèrent au cœur un
coup dont le retentissement ébranla tout mon être et me
précipita le front contre terre à ses pieds. Je pressentis ce que
c'était qu'aimer, et je pris ce pressentiment pour de l'amour !

Hélas ! ce n'était pas le complet amour, ce n'en était en
moi que l'ombre. Mais j'étais trop enfant et trop naïf encore
pour ne pas m'y tromper moi-même. Je crus que je l'adorais
comme tant d'innocence, de beauté et d'amour méritaient
d'être adorés d'un amant. Je le lui dis avec cet accent sincère
que donne l'émotion et avec cette passion contenue que
donnent la solitude, la nuit, le désespoir, les larmes. Elle le

crut, parce qu'elle avait besoin de le croire pour vivre et parce qu'elle avait assez de passion elle-même dans son âme pour couvrir l'insuffisance de mille autres cœurs.

La nuit entière se passa ainsi dans l'entretien confiant, mais naïf et pur, de deux êtres qui se dévoilent innocemment leur tendresse et qui voudraient que la nuit et le silence fussent éternels pour que rien d'étranger à eux ne vînt s'interposer entre la bouche et le cœur. Sa piété et ma réserve timide, l'attendrissement même de nos âmes, éloignaient de nous tout autre danger. Le voile de nos larmes était sur nous. Il n'y a rien de si loin de la volupté que l'attendrissement. Abuser d'une pareille intimité, c'eût été profaner deux âmes.

Je tenais ses deux mains dans les miennes. Je les sentais se ranimer à la vie. J'allais lui chercher de l'eau fraîche pour boire dans le creux de ma main ou pour essuyer son front et ses joues. Je rallumais le feu en y jetant quelques branches ; puis je revenais m'asseoir sur la pierre à côté du fagot de myrte où reposait sa tête pour entendre et pour entendre encore les confidences délicieuses de son amour ; comment il était né en elle à son insu, sous les apparences d'une pure et douce amitié de sœur ; comment elle s'était d'abord alarmée, puis rassurée ; à quel signe elle avait enfin reconnu qu'elle m'aimait ; combien de marques secrètes de préférence elle m'avait données à mon insu ; quel jour elle croyait s'être trahie ; quel autre elle avait cru s'apercevoir que je la payais de retour ; les heures, les gestes, les sourires, les mots échappés et retenus, les révélations ou les nuages involontaires de nos visages pendant ces six mois. Sa mémoire avait tout conservé ; elle lui rappelait tout, comme l'herbe des montagnes du Midi, à laquelle le vent a mis le feu pendant l'été, conserve l'empreinte de l'incendie à toutes les places où la flamme a passé.

... Ainsi s'écoula cette longue nuit d'hiver. Cette nuit n'eut pour elle et pour moi que la durée du premier soupir qui dit qu'on aime. Il nous sembla, quand le jour parut, qu'il venait interrompre ce mot à peine commencé.

Le soleil était cependant déjà haut sur l'horizon quand ses rayons glissèrent entre les volets fermés et pâlirent la lueur de la lampe. Au moment où j'ouvris la porte, je vis toute la famille du pêcheur qui montait en courant l'escalier.

La jeune religieuse de Procida, amie de Graziella, à qui elle avait envoyé son message la veille et confié le dessein d'entrer le lendemain au monastère, soupçonnant quelque désespoir de cœur, avait envoyé la nuit un de ses frères à Naples pour avertir les parents de la résolution de Graziella. Informés ainsi de leur enfant retrouvée, ils arrivaient en hâte, tout joyeux et tout repentants, pour l'arrêter sur le bord de son désespoir et la ramener libre et pardonnée avec eux.

La grand'mère se jeta à genoux près du lit en poussant de
ses deux bras les deux petits enfants qu'elle avait amenés pour
l'attendrir, et en se couvrant de leurs corps comme d'un
bouclier contre les reproches de sa petite-fille. Les enfants se
jetèrent tout en cris et tout en pleurs dans les bras de leur
sœur. En se levant pour les caresser et pour embrasser sa
grand'mère, le mouchoir qui couvrait la tête de Graziella
tomba et laissa voir sa tête dépouillée de sa chevelure. A la
vue de ces outrages à sa beauté dont ils comprirent trop le
sens, ils frémirent. Les sanglots éclatèrent de nouveau dans la
maison. La religieuse qui venait d'entrer calma et consola
tout le monde ; elle ramassa les tresses coupées du front de
Graziella, elle les fit toucher à l'image de la Madone en les
pliant dans un mouchoir de soie blanc, et les remit dans le
tablier de la grand'mère. « Gardez-les, lui dit-elle, pour les lui
montrer de temps en temps, dans son bonheur ou dans ses
peines, et pour lui rappeler, quand elle appartiendra à celui
qu'elle aime, que les prémices de son cœur doivent appartenir
toujours à Dieu, comme les prémices de sa beauté lui appar-
tiennent dans cette chevelure. »

Le soir, nous revînmes tous ensemble à Naples. Le zèle
que j'avais montré pour retrouver et sauver Graziella dans
cette circonstance avait redoublé l'affection de la vieille femme
et du pêcheur pour moi. Aucun d'eux ne soupçonnait la nature
de mon intérêt pour elle et de son attachement pour moi. On
attribuait toute sa répugnance à la difformité de Cecco. On
espérait vaincre cette répugnance par la raison et le temps. On
promit à Graziella de ne plus la presser pour le mariage. Cecco
lui-même supplia son père de ne plus en parler ; il demandait,
par son humilité, par son attitude et par ses regards, pardon
à sa cousine d'avoir été l'occasion de sa peine. Le calme rentra
dans la maison.

Rien ne jetait plus aucune ombre sur le visage de Graziella
ni sur mon bonheur, si ce n'est la pensée que ce bonheur serait
tôt ou tard interrompu par mon retour dans mon pays. Quand
on venait à prononcer le nom de la France, la pauvre fille
pâlissait comme si elle eût vu le fantôme de la mort. Un jour,
en rentrant dans ma chambre, je trouvai tous mes habits de
ville déchirés et jetés en pièces sur le plancher. « Pardonne-moi,
me dit Graziella en se jetant à genoux à mes pieds, et en
levant vers moi son visage décomposé ; c'est moi qui ai fait
ce *malheur*. Oh ! ne me gronde pas ! Tout ce qui me rappelle
que tu dois quitter un jour ces habits de marin me fait trop
de mal ! Il me semble que tu dépouilleras ton cœur d'aujour-
d'hui pour en prendre un autre quand tu mettras tes habits
d'autrefois ! »

Excepté ces petits orages qui n'éclataient que de la chaleur de sa tendresse et qui s'apaisaient sous quelques larmes de nos yeux, trois mois s'écoulèrent ainsi dans une félicité imaginaire que la moindre réalité devait briser en nous touchant. Notre Éden était sur un nuage.

Et c'est ainsi que je connus l'amour : par une larme dans des yeux d'enfant.

Que nous étions heureux ensemble lorsque nous pouvions oublier complètement qu'il existait un autre monde au delà de nous, un autre monde que cette maisonnette au penchant du Pausilippe ; cette terrasse au soleil, cette petite chambre où nous travaillions en jouant la moitié du jour ; cette barque couchée dans son lit de sable sur la grève, et cette belle mer dont le vent humide et sonore nous apportait la fraîcheur et les mélodies des eaux !

Mais, hélas ! il y avait des heures où nous nous prenions à penser que le monde ne finissait pas là, et qu'un jour se lèverait et ne nous retrouverait plus ensemble sous le même rayon de lune ou de soleil. J'ai tort de tant accuser la sécheresse de mon cœur alors en le comparant à ce qu'il a ressenti depuis. Au fond, je commençais à aimer Graziella mille fois plus que je ne me l'avouais à moi-même. Si je ne l'avais pas aimée autant, la trace qu'elle laissa pour toute ma vie dans mon âme n'aurait pas été si profonde et si douloureuse, et sa mémoire ne se serait pas incorporée à moi si délicieusement et si tristement, son image ne serait pas si présente et si éclatante dans mon souvenir. Bien que mon cœur fût du sable alors, cette fleur de mer s'y enracinait pour plus d'une saison comme les lis miraculeux de la petite plage s'enracinent sur les grèves de l'île d'Ischia.

... Souvent Graziella, au lieu de reprendre joyeusement son ouvrage après avoir habillé et peigné ses petits frères, restait assise au pied du mur d'appui de la terrasse, à l'ombre des grosses feuilles d'un figuier qui montait d'en bas jusque sur le rebord du mur. Elle demeurait là immobile, le regard perdu, pendant des demi-journées entières. Quand sa grand'mère lui demandait si elle était malade, elle répondait qu'elle n'avait aucun mal, mais qu'elle était lasse avant d'avoir travaillé. Elle n'aimait pas qu'on l'interrogeât alors. Elle détournait le visage de tout le monde, excepté de moi. Mais moi, elle me regardait longtemps sans me rien dire. Quelquefois ses lèvres remuaient comme si elle avait parlé, mais elle balbutiait des mots que personne n'entendait.

... Je lui disais quelquefois : « Graziella, qu'est-ce que tu regardes donc ainsi là-bas, là-bas au bout de la mer pendant des heures entières ? Est-ce que tu y vois quelque chose que nous n'y voyons pas, nous ? » — « J'y vois la France derrière des montagnes de glace, » me répondit-elle. — « Et qu'est-ce

que tu vois donc de si beau en France ? » ajoutais-je. — « J’y
vois quelqu’un qui te ressemble, » répliquait-elle, « quelqu’un
qui marche, marche, marche, sur une longue route blanche
qui ne finit pas. Il marche sans se retourner, toujours, toujours
devant lui, et j’attends des heures entières, espérant toujours
qu’il se retournera pour revenir sur ses pas. Mais il ne se
retourne pas ! » Et puis elle se mettait le visage dans son
tablier, et j’avais beau l’appeler des noms les plus caressants,
elle ne relevait plus son beau front.

Je rentrais alors bien triste moi-même dans ma chambre.
J’essayais de lire pour me distraire, mais je voyais toujours
sa figure entre mes yeux et la page. Il me semblait que les
mots prenaient une voix et qu’ils soupiraient comme nos
cœurs. Je finissais souvent aussi par pleurer tout seul, mais
j’avais honte de ma mélancolie et je ne disais jamais à Graziella
que j’avais pleuré. J’avais bien tort, une larme de moi lui
aurait fait tant de bien !

Je me souviens de la scène qui lui fit le plus de peine au
cœur et dont elle ne se remit jamais complètement.

Elle s’était depuis longtemps liée d’amitié avec deux ou
trois jeunes filles à peu près de son âge. Ces jeunes filles
habitaient une des maisonnettes dans les jardins. Elles repas-
saient et raccommodaient les robes d’une maison d’éducation
de jeunes Françaises. Le roi Murat avait établi cette maison à
Naples pour les filles de ses ministres et de ses généraux. Ces
jeunes Procitanes causaient souvent d’en bas en faisant leur
ouvrage avec Graziella, qui les regardait par-dessus le mur
d’appui de la terrasse. Elles lui montraient les belles dentelles,
les belles soies, les beaux chapeaux, les beaux souliers, les
rubans, les châles qu’elles apportaient ou qu’elles remportaient
pour les jeunes élèves de ce couvent. C’étaient des cris d’étonnement et d’admiration qui ne finissaient pas. Quelquefois
les petites ouvrières venaient prendre Graziella pour la conduire à la messe ou aux vêpres en musique dans la petite
chapelle du Pausilippe. J’allais au-devant d’elles quand le
jour tombait et que les tintements répétés de la cloche m’aver-
tissaient que le prêtre allait donner la bénédiction. Nous
revenions en folâtrant sur la grève de la mer, en nous avançant
sur la trace de la lame quand elle se retirait, et en nous sauvant
devant la vague quand elle revenait avec un bourrelet d’écume
sur nos pieds. Dieu ! que Graziella était jolie alors, quand,
tremblant de mouiller ses belles pantoufles brodées de paillettes d’or, elle courait, les bras tendus en avant, vers moi,
comme pour se réfugier sur mon cœur contre le flot jaloux de
la retenir ou de lui lécher du moins les pieds !

Je voyais depuis quelque temps qu’elle me cachait je ne
sais quoi de ses pensées. Elle avait des entretiens secrets avec

ses jeunes amies les ouvrières. C'était comme un petit complot auquel on ne m'admettait pas.

Un soir, je lisais dans ma chambre, à la lueur d'une petite lampe de terre rouge. Ma porte sur la terrasse était ouverte pour laisser entrer la brise de mer. J'entendis du bruit, de longs chuchotements de jeunes filles, des rires étouffés, puis de petites plaintes, des mots d'humeur, puis de nouveaux éclats de voix interrompus par de longs silences dans la chambre de Graziella et des enfants. Je n'y fis pas grande attention d'abord.

Cependant l'affectation même qu'on mettait à étouffer les chuchotements et l'espèce de mystère qu'ils supposaient entre les jeunes filles excitèrent ma curiosité. Je posai mon livre; je pris ma lampe de terre dans la main gauche; je l'abritai de la main droite contre les bouffées du vent pour qu'elle ne s'éteignît pas. Je traversai à pas muets la terrasse, en assourdissant mes pas sur les dalles. Je collai mon oreille contre la porte de Graziella. J'entendis un bruit de pas qui allaient et venaient dans la chambre, des froissements d'étoffes qu'on pliait et qu'on dépliait, le cliquetis des dés, des aiguilles, des ciseaux de femmes qui ajustaient des rubans, qui épinglaient des fichus, et ces babillages, ces bourdonnements de fraîches voix que j'avais souvent entendus dans la maison de ma mère quand mes sœurs s'habillaient pour le bal.

Il n'y avait point de fête au Pausilippe pour le lendemain. Graziella n'avait jamais songé à relever sa beauté par la toilette. Il n'y avait pas même un miroir dans sa chambre. Elle se regardait dans le seau d'eau du puits de la terrasse, ou plutôt elle ne se regardait que dans mes yeux.

Ma curiosité ne résista pas à ce mystère. Je poussai la porte du genou. La porte céda. Je parus, ma lampe à la main, sur le seuil.

Les jeunes ouvrières jetèrent un cri et s'échappèrent en volée d'oiseaux, se réfugiant, comme si on les avait surprises en crime, dans les coins de la chambre. Elles tenaient encore à la main les objets de conviction. L'une le fil, l'autre les ciseaux, celle-ci les fleurs, celle-là les rubans. Mais Graziella, placée au milieu de la chambre sur un petit escabeau en bois, et comme pétrifiée par mon apparition inattendue, n'avait pas pu s'échapper. Elle était rouge comme une grenade. Elle baissait les yeux, elle n'osait pas me regarder, à peine respirer. Tout le monde se taisait, dans l'attente de ce que j'allais dire. Je ne disais rien moi-même. J'étais absorbé dans la surprise et dans la contemplation muette de ce que je voyais.

Graziella avait dépouillé ses vêtements de lourde laine, sa soubreveste [1] galonnée à la mode de Procida, qui s'entr'ouvre

1. *Soubreveste*, cf. la note de la page 40,

sur la poitrine pour laisser la respiration à la jeune fille et la source de vie à l'enfant, ses pantoufles à paillettes d'or et au talon de bois dans lesquelles jouaient ordinairement ses pieds nus, les longues épingles à boules de cuivre qui enroulaient transversalement sur le sommet de sa tête ses cheveux noirs, comme une vergue enroule la voile sur la barque. Ses boucles d'oreilles larges comme des bracelets étaient jetées confusément sur son lit avec ses habits du matin.

A la place de ce pittoresque costume grec qui sied à la pauvreté comme à la richesse, qui laisse, par la robe tombante à mi-jambes, par l'échancrure du corsage et par l'entaille des manches, la liberté et la souplesse à toutes les formes du corps de la femme, les jeunes amies de Graziella l'avaient revêtue, à sa prière, des habits et des parures d'une demoiselle française à peu près de sa taille et de son âge dans le couvent. Elle avait une robe de soie moirée, une ceinture rose, un fichu blanc, une coiffe ornée de fleurs artificielles, des souliers de satin bleu, des bas à mailles de soie qui laissaient voir la couleur de chair sur les chevilles arrondies de ses pieds.

Je la regardais sans pouvoir en détacher mes yeux, mais sans qu'un geste, une exclamation, un sourire pussent lui révéler l'impression que j'éprouvais de son travestissement. Une larme m'était montée du cœur. J'avais tout de suite et trop bien compris la pensée de la pauvre enfant. Honteuse de la différence de condition entre elle et moi, elle avait voulu éprouver si un rapprochement dans le costume rapprocherait à mes yeux nos destinées. Elle avait tenté cette épreuve à mon insu, avec l'aide de ses amies, espérant m'apparaître tout à coup ainsi plus belle et plus de mon espèce qu'elle ne croyait l'être sous les simples habits de son île et de son état. Elle s'était trop trompée. Elle commençait à s'en apercevoir à mon silence. Sa figure prenait une expression d'impatience désespérée et presque de larmes qui me révélait son dessein caché, son crime et sa déception.

Elle était bien belle ainsi cependant. Sa pensée devait l'embellir mille fois plus à mes yeux. Mais sa beauté ressemblait presque à une torture. C'était comme une figure de ces jeunes vierges du Corrège clouées au poteau sur le bûcher de leur martyre et se tordant dans leurs liens pour échapper aux regards qui profanent leur pudicité. Hélas ! c'était un martyre aussi pour la pauvre Graziella. Mais ce n'était pas comme on eût pu croire en la voyant, le martyre de la vanité. C'était le martyre de son amour.

Les habillements de la jeune pensionnaire française du couvent dont on l'avait vêtue, coupés sans doute pour la taille maigre et pour les bras et les épaules grêles d'une enfant cloîtrée de treize à quatorze ans, s'étaient rencontrés trop étroits pour la stature découplée et pour les épaules arrondies et fortement nouées au corps de cette belle fille du soleil et de la mer. La robe éclatait de partout sur les épaules, sur le sein, autour de la ceinture, comme une écorce de sycomore qui se déchire sur les branches de l'arbre aux fortes sèves du printemps. Les jeunes couturières avaient eu beau épingler çà et là la robe et le fichu, la nature avait rompu l'étoffe, à chaque mouvement. On voyait en plusieurs endroits, à travers les déchirures de la soie, le nu du cou ou des bras éclater sous les reprises. La grosse toile de la chemise passait à travers les efforts de la robe et du fichu et contrastait par sa rudesse avec l'élégance de la soie. Les bras, mal contenus par une manche étroite et courte, sortaient comme le papillon rose de la chrysalide qu'il fait gonfler et crever. Ses pieds, accoutumés à être nus ou à s'emboîter dans de larges babouches grecques, tordaient le satin des souliers qui semblaient l'emprisonner dans des entraves de cordons noués comme des sandales autour de ses jambes. Ses cheveux, mal relevés et mal contenus par le réseau de dentelles et de fausses fleurs, soulevaient comme d'eux-mêmes tout cet édifice de coiffure et donnaient au visage charmant, qu'on avait voulu en vain défigurer ainsi, une expression d'effronterie dans la parure et de honte modeste dans la physionomie qui faisaient le plus étrange et le plus délicieux contraste.

Son attitude était aussi embarrassée que son visage. Elle n'osait faire un mouvement, de peur de laisser tomber les fleurs de son front ou de froisser son ajustement. Elle ne pouvait marcher, tant sa chaussure enclavait ses pieds et donnait de charmante gaucherie à ses pas. On eût dit l'Ève naïve de cette mer du soleil prise au piège de sa première coquetterie.

Le silence dura un moment ainsi dans la chambre. A la fin, plus peiné que réjoui de cette profanation de la nature, je m'avançai vers elle en faisant des lèvres une moue un peu moqueuse, et en la regardant avec une légère expression de reproche et de douce raillerie, faisant semblant de la reconnaître avec peine sous cet attirail de toilette. « Comment, lui dis-je, c'est toi, Graziella ? Oh ! qui est-ce qui aurait jamais reconnu la belle *Procilane* dans cette poupée de Paris ? Allons donc, continuai-je un peu rudement, n'as-tu pas honte de défigurer ainsi ce que Dieu a fait si charmant sous son costume naturel ? Tu auras beau faire, va ! tu ne seras jamais qu'une fille des vagues au pied marin et coiffée par les rayons de ton beau ciel. Il faut t'y résigner et en remercier Dieu. Ces plumes de l'oiseau de cage ne s'adapteront jamais bien à l'hirondelle de mer. »

Ce mot la perça jusqu'au cœur. Elle ne comprit pas ce qu'il

y avait dans mon esprit de préférence passionnée et d'adoration
pour l'hirondelle de mer. Elle crut que je la défiais de ressembler
jamais à une beauté de ma race et de mon pays. Elle pensa
que tous ses efforts pour se faire plus belle à cause de moi et
pour tromper mes yeux sur son humble condition étaient perdus.
Elle fondit tout à coup en pleurs, et s'asseyant sur son lit, le
visage caché dans ses doigts, elle pria, d'un ton boudeur, ses
jeunes amies de venir la débarrasser de son odieuse parure.
« Je savais bien, dit-elle en gémissant, que je n'étais qu'une
pauvre Procitane. Mais je croyais qu'en changeant d'habits je
ne te ferais pas tant de honte un jour si je te suivais dans ton
pays. Je vois bien qu'il faut rester ce que je suis et mourir où
je suis née. Mais tu n'aurais pas dû me le reprocher. »

À ces mots, elle arracha avec dépit les fleurs, le bonnet, le
fichu, et, les jetant d'un geste de colère loin d'elle, elle les
foula aux pieds en leur adressant des paroles de reproche,
comme sa grand'mère avait fait aux planches de la barque
après le naufrage. Puis, se précipitant vers moi, elle souffla la
lampe dans ma main pour que je ne la visse pas plus longtemps
dans ce costume qui m'avait déplu.

Je sentis que j'avais eu tort de badiner trop rudement avec
elle, et que le badinage était sérieux. Je lui demandai pardon.
Je lui dis que je ne l'avais grondée ainsi que parce que je la
trouvais mille fois plus ravissante en Procitane qu'en Française. C'était vrai. Mais le coup était porté. Elle ne m'écoutait
plus ; elle sanglotait.

Ses amies la déshabillèrent; je ne la revis plus que le lendemain.
Elle avait repris ses habits d'insulaire. Mais ses yeux étaient
rouges des larmes que ce badinage lui avait coûté toute la nuit !

Vers le même temps, elle commença à se défier des lettres que je
recevais de France, soupçonnant bien que ces lettres me
rappelaient. Elle n'osait pas me les dérober, tant elle était probe
et incapable de tromper, même pour sa vie. Mais elle les retenait
quelquefois neuf jours, et les attachait avec une de ses épingles
dorées derrière l'image en papier de la Madone suspendue au
mur à côté de son lit. Elle pensait que la Sainte-Vierge, attendrie
par beaucoup de neuvaines en faveur de notre amour, changerait
miraculeusement le contenu des lettres, et transformerait les
ordres de retour en invitation à rester près d'elle. Aucune de
ces pieuses petites fraudes ne m'échappait, et toutes me la
rendaient plus chère. Mais l'heure approchait.

Un soir des derniers jours du mois de mai, on frappa violem-
ment à la porte. Toute la famille dormait. J'allai ouvrir. C'était
mon ami V... [1] « Je viens te chercher, me dit-il. Voici une

1. *Virieu.* Aymon de Virieu (mort en 1841) fut l'ami préféré de Lamartine.
Le poète l'avait eu pour camarade au collège de Belley, et fit avec lui son
premier voyage en Italie (1811).

lettre de ta mère. Tu n'y résisteras pas. Les chevaux sont commandés pour minuit. Il est onze heures. Partons, ou tu ne partiras jamais. Ta mère en mourra. Tu sais combien ta famille la rend responsable de toutes tes fautes. Elle s'est tant sacrifiée pour toi ; sacrifie-toi un moment pour elle. Je te jure que je reviendrai avec toi passer l'hiver et toute une autre longue année ici. Mais il faut faire acte de présence dans ta famille et d'obéissance aux ordres de ta mère. »

Je sentis que j'étais perdu.

« Attends-moi là, » lui dis-je.

Je rentrai dans ma chambre, je jetai à la hâte mes vêtements dans ma valise. J'écrivis à Graziella, je lui dis tout ce que la tendresse pouvait exprimer d'un cœur de dix-huit ans et tout ce que la raison pouvait commander à un fils dévoué à sa mère. Je lui jurais, comme je me le jurais à moi-même, qu'avant que le quatrième mois fût écoulé je serais auprès d'elle et que je ne la quitterais presque plus. Je confiais l'incertitude de notre destinée future à la Providence et à l'amour. Je lui laissais ma bourse pour aider ses vieux parents pendant mon absence. La lettre fermée, je m'approchai à pas muets. Je me mis à genoux sur le seuil de la porte de sa chambre. Je baisai la pierre et le bois ; je glissai le billet dans la chambre par-dessous la porte. Je dévorai le sanglot intérieur qui m'étouffait.

Mon ami me passa la main sous le bras, me releva et m'entraîna. A ce moment, Graziella, que ce bruit inusité avait alarmée sans doute, ouvrit la porte. La lune éclairait la terrasse. La pauvre enfant reconnut mon ami. Elle vit ma valise qu'un domestique emportait sur ses épaules. Elle tendit les bras, jeta un cri de terreur et tomba inanimée sur la terrasse.

Nous nous élançâmes vers elle. Nous la reportâmes sans connaissance sur son lit. Toute la famille accourut. On lui jeta de l'eau sur le visage. On l'appela de toutes les voix qui lui étaient les plus chères. Elle ne revint au sentiment qu'à ma voix. « Tu le vois, me dit mon ami, elle vit ; le coup est porté. De plus longs adieux ne seraient que des contre-coups plus terribles. » Il décolla les deux bras glacés de la jeune fille de mon cou et m'arracha de la maison. Une heure après, nous roulions dans le silence et dans la nuit sur la route de Rome.

J'avais laissé plusieurs adresses à Graziella dans la lettre que je lui avais écrite. Je trouvai une première lettre d'elle à Milan. Elle me disait qu'elle était bien de corps, mais malade de cœur ; que cependant elle se confiait à ma parole et m'attendrait avec sécurité vers le mois de novembre.

Arrivé à Lyon, j'en trouvai une seconde plus sereine encore

et plus confiante. La lettre contenait quelques feuilles de l'œillet rouge qui croissait dans un vase de terre sur le petit mur d'appui de la terrasse, tout près de ma chambre, et dont elle plaçait une fleur dans ses cheveux le dimanche. Était-ce pour m'envoyer quelque chose qui l'eût touchée ? Était-ce un tendre reproche déguisé sous un symbole et pour me rappeler qu'elle avait sacrifié ses cheveux pour moi ?

Elle me disait qu'elle « avait eu la fièvre ; que le cœur lui faisait mal ; mais qu'elle allait mieux de jour en jour ; qu'on l'avait envoyée, pour changer d'air et pour se remettre tout à fait, chez une de ses cousines, sœur de Cecco, dans une maison du Vomero, colline élevée et saine qui domine Naples ».

Je restai ensuite plus de trois mois sans recevoir aucune lettre. Je pensais tous les jours à Graziella. Je devais repartir pour l'Italie au commencement du prochain hiver. Son image triste et charmante m'y apparaissait comme un regret, et quelquefois aussi comme un tendre reproche. J'étais à cet âge ingrat où la légèreté et l'imitation font une mauvaise honte au jeune homme de ses meilleurs sentiments ; âge cruel où les plus beaux dons de Dieu, l'amour pur, les affections naïves, tombent sur le sable et sont emportés en fleur par le vent du monde. Cette vanité mauvaise et ironique de mes amis combattait souvent en moi la tendresse cachée et vivante au fond de mon cœur. Je n'aurais pas osé avouer sans rougir et sans m'exposer aux railleries quels étaient le nom et la condition de l'objet de mes regrets et de mes tristesses. Graziella n'était pas oubliée, mais elle était voilée dans ma vie. Cet amour, qui enchantait mon cœur, humiliait mon respect humain. Son souvenir, que je nourrissais seulement en moi dans la solitude, dans le monde me poursuivait presque comme un remords. Combien je rougis aujourd'hui d'avoir rougi alors ! et qu'un seul des rayons de joie ou une des gouttes de larmes de ses chastes yeux valait plus que tous ces regards, toutes ces agaceries et tous ces sourires auxquels j'étais prêt à sacrifier son image ! Ah ! l'homme trop jeune est incapable d'aimer ! Il ne sait le prix de rien ! Il ne connaît le vrai bonheur qu'après l'avoir perdu ! Il y a plus de sève folle et d'ombre flottante dans les jeunes plants de la forêt ; il y a plus de feu dans le vieux cœur du chêne.

L'amour vrai est le fruit mûr de la vie. A dix-huit ans, on ne le connaît pas, on l'imagine. Dans la nature végétale, quand le fruit vient, les feuilles tombent ; il en est peut-être ainsi dans la nature humaine. Je l'ai souvent pensé depuis que j'ai compté des cheveux blanchissants sur ma tête. Je me suis reproché de n'avoir pas connu alors le prix de cette fleur d'amour. Je n'étais que vanité. La vanité est le plus sot et le plus cruel des vices, car elle fait rougir du bonheur !...

Un soir des premiers jours de novembre, on me remit, au retour d'un bal, un billet et un paquet qu'un voyageur venant de Naples avait apportés pour moi de la poste en changeant de chevaux à Mâcon. Le voyageur inconnu me disait que, chargé pour moi d'un message important par un de ses amis, directeur d'une fabrique de corail de Naples, il s'acquittait en passant de sa commission ; mais que les nouvelles qu'il m'apportait étant tristes et funèbres, il ne demandait pas à me voir ; il me priait seulement de lui accuser réception du paquet à Paris.

J'ouvris en tremblant le paquet. Il renfermait, sous la première enveloppe, une dernière lettre de Graziella, qui ne contenait que ces mots : « Le docteur dit que je mourrai avant trois jours. Je veux te dire adieu avant de perdre mes forces. Oh ! si tu étais là, je vivrais ! Mais c'est la volonté de Dieu. Je te parlerai bientôt et toujours du haut du ciel. Aime mon âme ! Elle sera avec toi toute ta vie. Je te laisse mes cheveux, coupés une nuit pour toi. Consacre-les à Dieu dans une chapelle de ton pays pour que quelque chose de moi soit auprès de toi ! »

Je restai anéanti, sa lettre dans les mains, jusqu'au jour. Ce n'est qu'alors que j'eus la force d'ouvrir la seconde enveloppe. Toute sa belle chevelure y était, telle que la nuit où elle me l'avait montrée dans la cabane. Elle était encore mêlée avec quelques-unes des feuilles de bruyère qui s'y étaient attachées cette nuit-là. Je fis ce qu'elle avait ordonné dans son dernier vœu. Une ombre de sa mort se répandit dès ce jour-là sur mon visage et sur ma jeunesse.

Douze ans plus tard je revins à Naples. Je cherchai ses traces. Il n'y en avait plus ni à la Margellina ni à Procida. La petite maison sur la falaise de l'île était tombée en ruine. Elle n'offrait plus qu'un monceau de pierres grises au-dessus d'un cellier où les chevriers abritaient leurs chèvres pendant les pluies. Le temps efface vite sur la terre, mais il n'efface jamais les traces d'un premier amour dans le cœur qui l'a traversé.

Pauvre Graziella ! Bien des jours ont passé depuis ces jours. J'ai aimé, j'ai été aimé. D'autres rayons de beauté et de tendresse ont illuminé ma sombre route. D'autres âmes se sont ouvertes à moi pour me révéler dans des cœurs de femmes les plus mystérieux trésors de beauté, de sainteté, de pureté que Dieu ait animés sur cette terre, afin de nous faire comprendre, pressentir et désirer le ciel. Mais rien n'a terni ta première apparition dans mon cœur. Plus j'ai vécu, plus je me suis rapproché de toi par la pensée. Ton souvenir est comme ces feux de la barque de ton père, que la distance dégage de toute fumée et qui brillent d'autant plus qu'ils s'éloignent

davantage de nous. Je ne sais pas où dort ta dépouille mortelle,
ni si quelqu'un te pleure encore dans ton pays ; mais ton véritable sépulcre est dans mon âme. C'est là que tu es recueillie
et ensevelie tout entière. Ton nom ne me frappe jamais en
vain. J'aime la langue où il est prononcé. Il y a toujours au
fond de mon cœur une larme qui filtre goutte à goutte et qui
tombe en secret sur ta mémoire pour la rafraîchir et pour
l'embaumer en moi.   (1829.)

Un jour de l'année 1830, étant entré dans une église de Paris
le soir, j'y vis apporter le cercueil, couvert d'un drap blanc,
d'une jeune fille. Ce cercueil me rappela Graziella. Je me
cachai sous l'ombre d'un pilier. Je songeai à Procida, et je
pleurai longtemps.

Mes larmes se séchèrent ; mais les nuages qui avaient
traversé ma pensée pendant cette tristesse d'une sépulture ne
s'évanouirent pas. Je rentrai silencieux dans ma chambre. Je
déroulai les souvenirs qui sont retracés dans cette longue note,
et j'écrivis d'une seule haleine et en pleurant les vers intitulés
le Premier Regret. C'est la note, affaiblie par vingt ans de
distance, d'un sentiment qui fit jaillir la première source de
mon cœur. Mais on y sent encore l'émotion d'une fibre intime
qui a été blessée et qui ne guérira jamais bien [1].

Voici ces strophes, baume d'une blessure, rosée d'un cœur,
parfum d'une fleur sépulcrale. Il n'y manquait que le nom de
Graziella. Je l'y encadrerais dans une strophe, s'il y avait ici-bas
un cristal assez pur pour renfermer cette larme, ce souvenir,
ce nom !

---

1. Lamartine a inséré les vers qui suivent dans les *Harmonies*. Dans ce *Commentaire*, il dit : « Un jour, une femme me pria de l'accompagner à vêpres à Saint-Roch.
Pendant que les prêtres chantaient des psaumes, je me tenais debout à l'ombre
d'un pilier auquel était suspendu un tableau représentant l'exhumation d'une
vierge : à la place du cercueil, on trouve des lis. » Nous avons à choisir entre les
deux versions.

LE PREMIER REGRET

Sur la plage sonore où la mer de Sorrente
Déroule ses flots bleus au pied de l'oranger,
Il est, près du sentier, sous la haie odorante,
Une pierre petite, étroite, indifférente
    Aux pieds distraits de l'étranger.

La giroflée y cache un seul nom sous ses gerbes,
Un nom que nul écho n'a jamais répété !
Quelquefois cependant le passant arrêté,
Lisant l'âge et la date en écartant les herbes,
Et sentant dans ses yeux quelques larmes courir,
Dit : « Elle avait seize ans ! c'est bien tôt pour mourir ! »
Mais pourquoi m'entraîner vers ces scènes passées ?
Laissons le vent gémir et le flot murmurer ;
Revenez, revenez, ô mes tristes pensées !
    Je veux rêver et non pleurer !

Dit : « Elle avait seize ans ! » — Oui, seize ans ! et cet âge
N'avait jamais brillé sur un front plus charmant !
Et jamais tout l'éclat de ce brûlant rivage
Ne s'était réfléchi dans un œil plus aimant !
Moi seul je la revois, telle que la pensée
Dans l'âme où rien ne meurt, vivante l'a laissée.
Vivante ! comme à l'heure où les yeux sur les miens,
Prolongeant sur la mer nos premiers entretiens,
Ses cheveux noirs livrés au vent qui les dénoue,
Et l'ombre de la voile errante sur sa joue,
Elle écoutait le chant du nocturne pêcheur.
De la brise embaumée aspirait la fraîcheur,
Me montrait dans le ciel la lune épanouie,
Comme une fleur des nuits dont l'aube est réjouie,
Et l'écume argentée, et me disait : « Pourquoi
Tout brille-t-il ainsi dans les airs et dans moi ?
Jamais ces champs d'azur semés de tant de flammes,
Jamais ces sables d'or où vont mourir les lames,
Ces monts dont les sommets tremblent au fond des cieux,
Ces golfes couronnés de bois silencieux,
Ces lueurs sur la côte, et ces chants sur les vagues,
N'avaient ému mes sens de voluptés si vagues !
Pourquoi, comme ce soir, n'ai-je jamais rêvé ?
Un astre dans mon cœur s'est-il aussi levé ?
Et toi, fils du matin, dis, à ces nuits si belles
Les nuits de ton pays sans moi ressemblaient-elles ? »
Puis, regardant sa mère, assise auprès de nous,
Posait pour s'endormir son front sur ses genoux.

Mais pourquoi m'entraîner vers ces scènes passées ?
Laissons le vent gémir et le flot murmurer ;
Revenez, revenez, ô mes tristes pensées !
    Je veux rêver et non pleurer !

Que son œil était pur et sa lèvre candide !
Que son œil inondait mon regard de clarté !
Le beau lac de Némi, qu'aucun souffle ne ride,
A moins de transparence et de limpidité !
Dans cette âme, avant elle, on voyait ses pensées,
Ses paupières jamais, sur ses beaux yeux baissées,
Ne voilaient son regard d'innocence rempli ;
Nul souci sur son front n'avait laissé son pli ;
Tout folâtrait en elle : et ce jeune sourire,
Qui plus tard sur la bouche avec tristesse expire,
Sur sa lèvre entr'ouverte était toujours flottant,
Comme un pur arc-en-ciel sur un jour éclatant !
Nulle ombre ne voilait ce ravissant visage,
Ce rayon n'avait pas traversé de nuage !
Son pas insouciant, indécis, balancé,
Flottait comme un flot libre où le jour est bercé,
Ou courait pour courir ; et sa voix argentine,
Écho limpide et pur de son âme enfantine,
Musique de cette âme où tout semblait chanter,
Égayait jusqu'à l'air qui l'entendait monter !

Mais pourquoi m'entraîner vers ces scènes passées ?
Laissez le vent gémir et le flot murmurer ;
Revenez, revenez, ô mes tristes pensées !
    Je veux rêver et non pleurer !

Mon image en son cœur se grava la première,
Comme dans l'œil qui s'ouvre, au matin, la lumière ;
Elle ne regarda plus rien après ce jour ;
De l'heure qu'elle aima, l'univers fut amour !
Elle me confondait avec sa propre vie,
Voyait tout dans mon âme, et je faisais partie
De ce monde enchanté qui flottait sous ses yeux,
Du bonheur de la terre et de l'espoir des cieux.
Elle ne pensait plus au temps, à la distance ;
L'heure seule absorbait toute son existence ;
Avant moi cette vie était sans souvenir,
Un soir de ces beaux jours était tout l'avenir !
Elle se confiait à la douce nature
Qui souriait sur nous, à la prière pure
Qu'elle allait, le cœur plein de joie et non de pleurs,
A l'autel qu'elle aimait répandre avec ses fleurs :
Et sa main m'entraînait aux marches de son temple,
Et, comme un humble enfant, je suivais son exemple,
Et sa voix me disait tout bas : « Prie avec moi !
Car je ne comprends pas le ciel même sans Toi ! »

Mais pourquoi m'entraîner vers ces scènes passées ?
Laissez le vent gémir et le flot murmurer ;
Revenez, revenez, ô mes tristes pensées !
    Je veux rêver et non pleurer !

Voyez dans son bassin l'eau d'une source vive
S'arrondir comme un lac sous son étroite rive,
Bleue et claire, à l'abri du vent qui va courir
Et du rayon brûlant qui pourrait la tarir !
Un cygne blanc nageant sur la nappe limpide,
En y plongeant son cou qu'enveloppe la ride,
Orne sans le ternir le liquide miroir,
Et s'y berce au milieu des étoiles du soir ;
Mais si, prenant son vol vers des sources nouvelles,
Il bat le flot tremblant de ses humides ailes,
Le ciel s'efface au sein de l'onde qui brunit,
La plume à grands flocons y tombe et la ternit,
Comme si le vautour, ennemi de sa race,
De sa mort sur les flots avait semé la trace ;
Et l'azur éclatant de ce lac enchanté
N'est plus qu'une onde obscure où le sable a monté !

Ainsi, quand je partis, tout trembla dans cette âme ;
Le rayon s'éteignit, et sa mourante flamme
Remonta dans le ciel pour n'en plus revenir.
Elle n'attendait pas un second avenir ;
Elle ne languit pas de doute en espérance,
Et ne disputa pas sa vie à la souffrance ;
Elle but d'un seul trait le vase de douleur ;
Dans sa première larme elle noya son cœur !
Et, semblable à l'oiseau, moins pur et moins beau qu'elle.
Qui le soir, pour dormir, met son cou sous son aile,
Elle s'enveloppa d'un muet désespoir,
Et s'endormit aussi mais bien avait le soir.

Mais pourquoi m'entraîner vers ces scènes passées ?
Laissons le vent gémir et le flot murmurer ;
Revenez, revenez, ô mes tristes pensées !
　　　Je veux rêver et non pleurer !

Elle a dormi quinze ans dans sa couche d'argile,
Et rien ne pleure plus sur son dernier asile,
Et le rapide oubli, second linceul des morts,
A couvert le sentier qui menait vers ces bords ;
Nul ne visite plus cette pierre effacée,
Nul n'y songe et n'y prie !... excepté ma pensée,
Quand, remontant le flot de mes jours révolus,
Je demande à mon cœur tous ceux qui n'y sont plus,
Et que, les yeux flottants sur de chères empreintes,
Je pleure dans mon ciel tant d'étoiles éteintes !
Elle fut la première, et sa douce lueur
D'un jour pieux et tendre éclaire encor mon cœur !

Mais pourquoi m'entraîner vers ces scènes passées ?
Laissez le vent gémir et le flot murmurer ;
Revenez, revenez, ô mes tristes pensées ?
　　　Je veux rêver et non pleurer !

Un arbuste épineux, à la pâle verdure,
Est le seul monument que lui fit la nature ;
Battu des vents de mer, du soleil calciné,
Comme un regret funèbre au cœur enraciné,
Il vit dans le rocher sans lui donner d'ombrage ;
La poudre du chemin y blanchit son feuillage ;
Il rampe près de terre, où ses rameaux penchés
Par la dent des chevreaux sont toujours retranchés ;
Une fleur au printemps, comme un flocon de neige,
Y flotte un jour ou deux ; mais le vent qui l'assiège
L'effeuille avant qu'elle ait répandu son odeur,
Comme la vie avant qu'elle ait charmé le cœur !
Un oiseau de tendresse et de mélancolie
S'y pose pour chanter sur le rameau qui plie !
Oh ! dis, fleur que la vie a fait sitôt flétrir,
N'est-il pas une terre où tout doit refleurir ?

Remontez, remontez à ces heures passées !
Vos tristes souvenirs m'aident à soupirer !
Allez où va mon âme ! allez, ô mes pensées !
    Mon cœur est plein, je veux pleurer !

C'est ainsi que j'expiai par ces larmes écrites la dureté et l'ingratitude de mon cœur de dix-huit ans. Je ne puis jamais relire ces vers sans adorer cette fraîche image que rouleront éternellement pour moi les vagues transparentes et plaintives du golfe de Naples... et sans me haïr moi-même ! Mais les âmes pardonnent là-haut. La sienne m'a pardonné. Pardonnez-moi aussi, vous !! J'ai pleuré.

PARIS-LILLE. — IMP. A. TAFFIN-LEFORT. — 39-2-24.

COLLECTION D'AUTEURS FRANÇAIS

d'après la Méthode historique

Éditions illustrées d'après les documents de l'époque
avec Introduction, Bibliographie, Notes, Grammaire, Lexique.

Chaque volume contient en résumé, l'œuvre complète d'un auteur. — Tous les morceaux sont disposés dans l'ordre chronologique de leur composition et accompagnés d'une analyse de l'ouvrage d'où ils sont tirés. — Les œuvres, données en entier ou par fragments, sont encadrées dans une biographie continue de l'auteur.

	PRIX		
	Broché	Cartonné genre ancien	Relié pégamoïd titre or
Boileau, par Ch.-M. Des Granges, professeur de première au lycée Charlemagne, docteur ès lettres. xxii-708 pages, 116 gravures.	9 »	10 »	12 »»
Bossuet. par J. Calvet, agrégé des lettres. xvi-722 pages, 34 gravures	9 50	11 »	13 »»
Chateaubriand, par Ch Florisoone, professeur agrégé au lycée Janson-de-Sailly. xxiv-436 pages, 30 gravures	7 50	9 »	11 »»
Corneille. par S. Rocheblave. professeur à l'Université de Strasbourg, et Ch.-M. Des Granges. xvi-1.036 pages, 80 gravures.	11 50	13 50	16 »»
Fénelon, par Albert Cherel, professeur à la Faculté des lettres de Bordeaux. xvi-688 pages, 57 gravures	9 »	10 »	12 »»
La Bruyère, par R. Radouant, professeur agrégé au lycée Henri-IV, docteur ès lettres. 760 pages, 77 gravures	9 »	10 »	12 »»
La Fontaine, par G. Le Bidois. docteur ès lettres, professeur au collège Stanislas. xii-548 pages, 43 gravures	11 50	13 50	16 »»
Lamartine. par M. Levaillant, ancien élève de l'Ecole normale supérieure, agrégé des lettres	11 50	13 50	16 »»
Chefs-d'œuvre poétiques du seizième siècle : *Marot, du Bellay, Ronsard, d'Aubigné, Régnier*, par J. Vianey, doyen de la Faculté des lettres de Montpellier. xvi-460 pages, 31 gravures.	7 50	9 »	11 »»
Molière, *Théâtre choisi*, par Ch.-M. Des Granges. xx-996 pages, 42 gravures	11 50	13 50	16 »»
Montaigne, par R. Radouant. x-464 pages, 61 gravures	7 50	9 »	11 »»
Racine. par F. Fourcassié, professeur agrégé des lettres au lycée de Toulouse. xxii-920 pages, 75 gravures.	11 50	13 50	16 »»
Voltaire, par L. Flandrin. ancien élève de l'Ecole normale supérieure, professeur de première au lycée Louis-le-Grand. xxiv-1.016 pages, 125 gravures.	11 50	13 50	16 »»

Librairie A. HATIER, 8, Rue d'Assas, Paris (6e)

LES CLASSIQUES POUR TOUS

LITTÉRATURE FRANÇAISE

Chaque brochure **0 75**
Les 10, en un élégant étui . . . **8** »

Lamartine

En même temps que notre édition des *Œuvres choisies* de Lamartine, par M. Levaillant, dans la Collection des Auteurs français, nous offrons au public un Lamartine en petits volumes, dans les *Classiques pour tous*.

LES MÉDITATIONS. Texte complet de l'édition de 1820 . . . 1 vol.

LES NOUVELLES MÉDITATIONS. Choix comprenant les plus belles pièces, telles que *Le Crucifix, Bonaparte, Le Poète mourant*, etc. 1 vol.

LA MORT DE SOCRATE. Bien des lecteurs négligent le magnifique poème philosophique, que tous les critiques considèrent comme un des chefs-d'œuvre de Lamartine, et qui mérite de reprendre le premier rang. — Nous y avons joint *Le Chant du Sacre*, écrit en 1825, pour le sacre de Charles X, et où s'annonce le poète politique . . . . 1 vol.

LES HARMONIES. Deux volumes n'étaient pas de trop pour citer les plus beaux morceaux de ce recueil, où Lamartine se renouvelle et traite les sujets les plus variés. On y trouvera *Milly, Jéhovah, Le Chêne, L'Hymne au Christ, Le Rossignol, La Voix Humaine, Les Étoiles*, etc. . . . . 2 vol.

GRAZIELLA. Ce charmant épisode, extrait des *Confidences*, est devenu aussi populaire que *Paul et Virginie.* . . . . 1 vol.

LES GIRONDINS. On sait le succès foudroyant de cet ouvrage publié en 1846 par Lamartine, et qui contribua à hâter la révolution de 1848. Mais l'œuvre complète nous paraît longue aujourd'hui. Nous en avons extrait les plus remarquables épisodes : *Le Voyage de Varennes, La mort de Louis XVI, Charlotte Corday, Le Banquet des Girondins*, etc. . . . . 2 vol.

LE VOYAGE EN ORIENT. Encore une de ces œuvres que sa longueur fait souvent négliger, et où cependant Lamartine apparaît comme un précurseur de Pierre Loti. Nos *extraits* comprennent les plus belles pages pittoresques et philosophiques de ce *Voyage* . . . . 1 vol

LES PLUS BELLES POÉSIES. Enfin, pour permettre à chac... professeurs, élèves, lecteurs de toute condition, d'avoir en un seul volume les chefs-d'œuvre devenus *classiques*, nous réunissons sous ce titre : *Le Lac, Milly, Jéhovah, Les Laboureurs (Jocelyn), la Vigne et la Maison*. 1 vol.